ロイヤル・ベビーは突然に

ケイト・ハーディ 作

加納亜依 訳

ハーレクイン・イマージュ

東京・ロンドン・トロント・パリ・ニューヨーク・アムステルダム
ハンブルク・ストックホルム・ミラノ・シドニー・マドリッド・ワルシャワ
ブダペスト・リオデジャネイロ・ルクセンブルク・フリブール・ムンバイ

SOLDIER PRINCE'S SECRET BABY GIFT

by Kate Hardy

Published by Harlequin Japan,
a Division of K.K. HarperCollins Japan, 2024

ケイト・ハーディ

6歳の誕生日に両親からもらったタイプライターで初めての小説を書き上げた。大人になってからは健康関連の広報として働きながらロマンスの小編を執筆していたが、夫にアドバイスされ、経験を生かしたメディカル・ロマンスを書き始めた。現在はたくさんの本に囲まれてイングランド東部に暮らしている。

主要登場人物

ティア・フィリップス……………ウエイトレス。

グレース・フィリップス…………ティアの母親。

ネイサン……………………………ティアの兄。故人。

アントニオ・ヴァレンティ………カーサヴァッレ王国のプリンス。

ヴィンチェンツォ…………………アントニオの父親。カーサヴァッレ王国の国王。故人。

マリア………………………………アントニオの母親。カーサヴァッレ王国の王妃。

ルカ…………………………………アントニオの兄。

ガブリエッラ………………………アントニオとルカの異母姉。

マイルズ・モンタギュー…………王室の秘書官。

プロローグ

五月

午前〇時まであと十分。

チャリティのガラ・パーティが終わり、ゲストが帰るまであと十分。それから後片づけを終えるのに、もう十五分。そうすれば家に帰ってようやく眠れる。

ティアは疲れきっていた。その日はすでにカフェでいつものフルのシフトをこなしたあとで、土曜日はいつも忙しくて休む暇もない。いつもならもう家に帰って、ゆっくりお湯に浸《つ》かり、母親と一緒にソファで丸くなって映画を観《み》ているところだ。けれど、学生時代の旧友のサディが今夜チャリティ・ガラを催すことになり、ティアはカナッペの給仕やグラスの片づけを買って出ていた。だからその約束は破れない。特に、家族を亡くした子供たちを支援する活動となれば、ティアにはとても大切だった――彼女は軍隊で家族を失う悲劇を身をもって味わっている。

二度までも。母は隣のベッキーが見ている――母のグレース・フィリップスが娘を説得してどこかに出かけさせる、数少ない機会にいつもそうしてくれるように。あと一時間足らずで家に帰れる。明日は日曜でカフェの開店が遅く、シフトは十時までない。悪くない。もっと大変な日々があったのだから。

それでもティアは誰かに見つめられている気がしてならなかった。振り返ると、部屋の向こうにいる長身で黒髪の男性と目が合った。

ひどく親しみを感じる。それでもチャリティ・ガラに出席する人たちの半数は誰もがよく知る有名人ばかりだ。ここは別世界で、ティアは人目につかずにいなければならない――笑みを浮かべて軽食を給仕し、グラスを手際よく片づける名もないウエイトレスだ。部屋の向こうの男性が気づくはずがない。

ホテルのバルコニーに出て人けのないテーブルからグラスを集めるとき、ティアはまだ彼のことを考えていた。あれはアントニオ・ヴァレンティだ。正確にはカーサヴァッレ王国のプリンス・アントニオ。ティアの兄ネイサンの親友で、多国籍連合軍でチームの指揮官として兄とともに戦った男性だ。

四カ月前、ネイサンの訃報を知らせに家を訪れ、ティアを、そして母を悲しみのどん底に突き落とした男だった。アントニオは戦死の知らせを冷静に、かつ穏やかに告げた。軍の制服に身を固めて表情は変えず、まばたき一つせず、ネイサンの車両が最後となった任務で地雷に触れ、即死だったと告げた。

ティアはあまりの衝撃に言葉を失い、母は夫ばかりか息子をも同じように亡くした知らせに、その場にくずおれてしまった。ティアは自分自身の悲しみを抑え、母を介助しなければならなかった。

プリンス・アントニオはグレース・フィリップスを気遣う様子も見せず、寄りそって慰めも、大丈夫かどうか確かめもしなかった。彼は訃報を伝えると、すぐに立ち去った。とどまってお茶を一杯飲むことも、まして葬儀に現れることさえなかった。ただ彼の名前が走り書きされ、箔《はく》押しが施された公式の悔やみ状が届いたほかは、ずっと連絡してこなかった。

確かに、彼はプリンスで、軍務に就いているだけでなく重要な公務もある。ティアだって愚かではない。それは理解している。でも知らせを伝えたあと、母のグレースと数分でも一緒に過ごし、最愛の息子の思い出を語り合うのは、そんなに心苦しいことだったのだろうか。あるいはネイサンの葬儀に顔を出すのは？　あるいは後日、王室の広報担当者を通じてグレースに息子との写真や手紙など送れたかもしれない。母に必要なのは、ネイサンが大切な存在だったと教えてくれる、ちょっとした思いやりだった。

だがプリンスからは、なしのつぶてだった。

理想の王子様《プリンス・チャーミング》？　冷血で思いやりのない王子《プリンス・コールド・アンド・アンケアリング》ね。

ティアは口もとをゆがめた。どうして兄はこんなにも冷酷で堅苦しい人と親友になったのだろう。

彼はたぶん公務の一環としてこのチャリティ・ガラに出席しただけだろう。彼のような人がチャリティ活動や、戦闘で親きょうだいを失った子供たちを気にかけるほど温かい心の持ち主であるはずがない。

ティアは断固として彼のことを頭から締め出し、グラスをトレイに積み重ねて厨房《ちゅうぼう》に運ぼうとした。

ティア・フィリップスの疲労困憊《こんぱい》ぶりは誰の目にも明らかだった。罪悪感がこみあげ、硬い塊となってアントニオの喉をふさいだ。彼は確かに現場にいた。あのとき部隊の最前線にいた副官の車両が、地雷に触れて吹き飛ばされたのだ。慈悲深くも、突然の死で、ネイサンは苦しまずにすんだ。だがアントニオは喪失感に打ちのめされた。ネイサンは副官であると同時に、親友でもあった。

それでも、アントニオは人前では感情を表に出さないように育てられた。カーサヴァッレのプリンスとして、どんな状況下でも冷静沈着でいることが求められた。彼と兄のルカは常に王家の果たすべき義務を第一にと教えられて育った。そして感情の抑制を失った言動は決してとってはならないと。それは軍隊で訓練を積んでさらに強化された。だからアントニオは、ネイサンの家族に訃報を伝えるとき、冷静で言葉少ない態度だったと自分でもわかっていた。

家族の目にはさらに冷静で無口に映ったことだろう。アントニオはネイサンがどれだけ家族を愛していたか知っている。グレース・フィリップスの健康がすぐれず、ネイサンと妹のティアは自由な子供時代を過ごすより、母親の介護をして過ごしてきたことも知っている。アントニオは棺《ひつぎ》のそばで静かにネイサンに約束した。グレースとティアには常に注意をおこたらないと。だが彼はすぐ別の任務に駆り出され、ネイサンの追悼式に出席さえできなかった。彼は直筆の短い手紙を書き、側近のマイルズに投函《とうかん》させた――だが手紙では実際にその場に居合わせることはできないし、ただの言い訳でしかなかった。

さらに父王の逝去を受け、この四カ月、アントニオは軍から特別休暇を取っていた。アントニオ・ヴァレンティは兄のルカがカーサヴァッレの王権を引き継ぐため、後方支援に追われていた。さらにルカの戴冠式や、隣国アギラレスを統治するアストゥリア家の国王ホルヘへの長女、プリンセス・メリベルと兄の挙式の準備にも忙しかった。アントニオはカーサヴァッレに戻って自分の時間さえなかったために、ネイサンとの無言の約束は忘れられてしまった。

それでもアントニオは時間を作るべきだとわかっていた。ネイサンがどんなに悔やんでいたか知っているだけになおさらだった。彼は母親の世話を妹に任せて十六歳で軍隊に入り、家族を助けるために仕送りをしていた。アントニオは親友の家族には誰も身寄りがないとわかっていたのだから。

ティアはトレイを持ってバルコニーに出る前に、彼のほうをちらりと振り返った。グラスを取りに行くのだろうが、彼に気づいたかどうかはわからない。

それにティアは明らかに仕事中で、後片づけをしているはずの彼女がチャリティ・ガラでゲストと立ち話をしていたら、彼女の上司が喜ばないだろう。家庭の事情からしても、ティアが仕事を必要としているのがわかる。アントニオ自身の良心の呵責《かしやく》を癒やそうとするあまり、彼女が仕事を失い、生活が苦しくなるリスクを冒すのはフェアではない。

それでも、このまま放ってはおけない。

「失礼します。ちょっと話したい人がいますので」

彼は一緒にいたゲストに言った。チャリティの後援者として、彼はあらゆるゲストと話し、支援に感謝することになっていた。だがもう十分その務めは果たした。アントニオは心のやましさもなく、ティアが姿を消したバルコニーへと向かった。

ドアを開けると、ティアはドアの向こうにいて、危うくトレイを取り落としそうになった。

「すまない、ティア。会えてよかった」彼は言った。

「どうも、殿下」そっけなく応じる。「膝を曲げて一礼したいのですがトレイを落としてしまうので」

彼はひるんだ。非難の言葉を浴びせられて当然だと思ったのに。「一礼なんていいさ。ネイサンのことなんだが、きみの兄さんは僕の親友だった」

「ええ、殿下」

あくまでこちらの立場を尊重するつもりらしい。見ず知らずのゲストでそう扱って当然のように。僕が打ち解けて接しようとしているにもかかわらず。最後に会ったとき自分がどう振る舞ったか考えればティアが距離を置こうとしても驚くにはあたらない。わかった。ならばこちらも礼儀にこだわろう。

「ミズ・フィリップス」彼は言った。「今はお取り込み中だが、終わったら少し話せないかな？」

「ゲストの方のお時間をいただくわけにはいきません、殿下」彼女は答えた。

あくまで礼儀正しいこの言い方からすれば、彼もティアの時間を奪うべきではないということか。言い方を変えて非難の言葉を浴びせられているわけだ。

「きみのシフトが終わったあとで」さっと腕時計に目をやる。「このガラはあと五分で終わる」ティアが言い訳を考えているように見えたせいなのか、彼の言葉は優しかった。「お願いだ。ネイサンを知る人と話せるのは僕もうれしい」

一瞬、彼の茶色の瞳が苦しげに陰り、すぐに元の抑えのきいた表情に戻った。プリンスは見た目ほど思いやりに欠ける冷淡な人ではないかもしれない。今かいま見た苦しげな表情は、プリンスが本当に兄を気にかけていたと物語っていないだろうか。兄の親友に優しくしてあげるべきかもしれない。たとえ気持ちのうえではまだ、彼には母のためにもっと親身になってほしかったと思ってはいても。

「わかりました」ティアは言った。「ここがすんだら会えます。でも明日も仕事で長くは無理だけど」

「ほんの数分でいい。ありがとう」そこで間を置く。「僕はペントハウスのスイートルームに滞在している。お望みなら、誰かに同席してもらってもいい」

「その必要はありません、殿下」プリンス・アントニオは兄と同様、名誉を重んじる人だ。尋ねるまでもなく彼が敬意をもって接してくれるとわかっていた。「ペントハウスのスイートルームですね」

「僕の警備チームが中に入れてくれる」彼は言った。「悪いがこれで失礼しないと。ゲストのもとに戻らねばならない。チャリティ・ガラの後援者なんだ」

つまり彼は公務でここに来たということ？　プリンスはティアと母親にネイサンの訃報を伝えに来たときとても冷淡で堅苦しく、ティアは後援者が支援に個人的な関心を持つように彼が本当に遺児たちを気遣っているとは思えなかった。それでも親友を失って少しは共感を覚えられるようになっただろうか。

驚いたことに、彼はドアを開けてくれて、ティアはグラスが載ったトレイで苦労する必要がなかった。

ありえない。プリンスと二人で会う約束をしたことも。彼のペントハウスのスイートで。

プリンスは兄の親友だったかもしれないが、ネイサンは仕事と家族を切り離していたために、プリンス・アントニオと会うのはこれが二度目だった。二人は互いのことをよく知らない。共通点はネイサンと、彼の死が人生にもたらした苦しみだけだった。

でも彼の話を聞くべきかもしれない。ほんの少しでも慰めの言葉が聞ければ母の慰めにもなる。明日の朝さらに疲れても、それだけの価値がある。

次の数分はテーブルを片づけ、最後のゲストを送り出すうちに過ぎて、ようやくすべてが終わった。

サディがティアを抱きしめた。「今夜は助けてくれてありがとう、ティア。借りができたわね」

「友達なら当然よ」ティアは笑顔で言った。「それに私にとっても他人事ではないから」ティアは善意を必要とする子供たちと同じ境遇で生きてきた。

「タクシーで帰って。私が払うから」サディが言う。

ティアは首を横に振った。「大丈夫。地下鉄で帰るわ。歩くと気分がほぐれるし」プリンス・アントニオに会ったあとなら特に。

「だったら夕食をおごらせて、今週中に。言い訳はなしよ」サディが言う。

「いいわね。母の具合にもよるけど」ティアはとっさに言い添えた。母親の体調がすぐれないとき、外出なんてありえない。家族が第一だった。

「三人で夕食にしてもいいけど」サディが提案する。

「もしよければ、そうさせて。母も喜ぶわ」そんな集まりが母の一日を明るくしてくれる。

「では決まりね。明日スケジュールをチェックして、あいてる日をメールで知らせて」サディが言う。

毎日あいている。ティアは思ったが口には出さなかった。学生時代の旧友がティアの境遇を理解したうえで、連絡を絶やさないでいてくれるのに感謝するばかりだった。母のグレースはティアに自力で新しい生活を始めるよう勧めてくれた。それでもティアは教師になる教育を受けるには成績が足りず、母は教室で働く別の方法を提案した。補助教員として働くか、学校の遊び場で働くか、あるいは大学の一般教養課程に進んで学位を取って、教師になる教育を受けるかだ。それでもティアは母の健康がすぐれないと知っていたので、グレースのそばを離れたくなかった。家を離れると、母親の苦労が増えるのではないかと心配し、ティアは結局、母親のいるところにいるほうがずっと幸せだと説得した。

「そうするわ」ティアは約束した。

ティアはホテルを出ずにエレベーターで最上階のペントハウスに向かった。エレベーターのドアが開くと、ごく普通のスーツ姿の男が一人、向かいの壁に寄りかかっていた。だがティアもだまされはしない。彼は明らかにプリンスのセキュリティ責任者だ。

「ミズ・フィリップスですね」質問ではなく、そう明言していた。明らかに彼女が誰か知っていて、待っていたのだ。「私とご同行願えますか?」

丁寧な質問だったが、ティアに選択の余地がないのは明らかだった。彼についていくか、このまま階下に戻るかだった。「ありがとう」ティアは言った。

男性はティアをペントハウスのスイートのドアへと案内し、ノックした。「ゲストがお見えです」

〝殿下〟の称号はなし? この男性はカーサヴァッレから来た軍の関係者だろうか。

「ありがとう、ジャコモ」アントニオはドアを開けると言った。「どうぞ、ミズ・フィリップス」

中に入ると、カーペットは足が沈み込んでいきそうなほど毛脚が長く、居間の壁は一面がガラス張りで、テムズ川が見渡せた。もう遅い時間で、橋や対岸の建物の明かりが川の暗い水面に映っている。

「来てくれてありがとう。飲み物はどうだい? シャンパンでも?」ここは丁重に断って、早く話を始めてくれとほのめかすところなのかもしれない。それでも彼に飲み物を勧められると、ティアは今日、昼も夜も立ちっぱなしだったと気づいた……。

「実は、殿下、お茶を一杯いただきたいのですが」

「もちろんだとも」彼はほほ笑んだ。「きみは兄さんにそっくりだ。一日の終わりに、僕のチームの大半は冷たいビールでリラックスしていたものだが、ネイサンは一杯の紅茶ほど気分をリフレッシュしてくれるものはないと言っていた」

ティアは兄の声が聞こえる気がして喉がつまった。

「スプーンが立つほど濃くて強い紅茶に砂糖は一つ。ミルクを少々。ティーカップでなくマグカップで」

その瞬間、ティアは彼が本当にネイサンと親しかったのだと確信した。兄はまさにそう言っていたのだから。ふいに彼への警戒心がほんの少し和らいだ。

「覚えています」ティアは息を切らして言った。

「きみも同じでいいかな？」彼がきく。

ティアはいつも熱いお茶ならありがたいと思う程度だった。「ええ。ありがとうございます、殿下」

すると彼はティアに自らマグカップに紅茶を淹《い》れた。ルームサービスも呼ばず、なんの気取りもなく。

彼も紅茶につき合ったが、砂糖は抜きだった。

「乾杯」マグカップを掲げて言う。「ネイサンに」

ティアもマグカップをあげた。「ネイサンに」

「彼がいなくて寂しいだろうが、僕もだ」彼はティアを見た。「ずっと連絡せずにすまなかった、ミズ・フィリップス。今はちょっと難しい時期でね」

「難しい？」

彼は肩をすくめた。「ネイサンを失って間もなく、父を亡くした。当然、兄が後継者になるんだが、解決せねばならない政治的な問題が山積している」

ティアは彼が父王を亡くしていたとは知らなかった。「お父上のご逝去にお悔やみ申しあげます、殿下」彼女は改まった口調で言った。

「ありがとう。きみたちの境遇も知っている」

「でも父を亡くしたとき、私はまだ十歳だったから」ティアは言った。「父も軍務中の死でした」

「つらかっただろう」彼は言った。「父上もネイサンも同じように亡くしたわけだから」

「今夜ここで働いていた理由もその一つです。少しでもチャリティ活動の役に立ちたくて」

「今夜はボランティアだったのか」驚いた声で言う。

「ええ。でも昼間カフェで働いてるから」ナポリ出身の中年夫婦が経営する本格的なイタリアン・カフェで、夫婦はティアに親身になってくれて、シフトが終わるといつも母親へのお菓子を持たせてくれる。

「きみに手伝ってもらってよかった。ありがとう」そこで間を置く。「母上はどんなご様子かな？」

「元気です」厳密には違うが、ありがたいことにグレースは今週は調子がよく、体もちゃんと動かせてさほど疲れすぎもしない。慢性疲労症候群《CFS》という病気で好不調の波があり、今週のように体調がよいときもあれば、ベッドから起きあがるのもやっとで、日々の行動にも多くの助けが必要になるときがある。

「すまなかった。ちゃんと連絡するべきだった」

「兄の葬儀に来てほしかったです」止める前に非難の言葉が口をついていた。彼はうなだれた。

「すまない。参列するつもりだった。だが任務で呼び出されて、ほかの者には任せられなかった」

そんなこととは思わなかった。もっともな言い訳だと思ったが、それでもティアは彼が母に個人的に手紙を送ってもよかったのではないかと思った。

ティアが何を考えているか察したように、彼は言った。「僕は出席できない詫《わ》び状を書いた」

「母はあなたから手紙など受け取っていません」

彼は顔をしかめた。「届かなくてすまなかった。請け合ってもいい、僕は手紙を書いた」

「ほかの郵便物にまぎれてしまったのかもしれません。あなたのせいじゃないわ」それでも、せめて母親に電話をする時間はあったはずだ。

「僕にできることはあるか？」彼は深く息をついた。

「何も」ティアは即座に答えた。誰かに頼る必要はない。母のグレースと一緒に自分たちの力でなんとかやってきた。二人には日々の生活があり、支えてくれるよき友人たちがいる。プリンスが良心の呵責を癒やすために、お金で解決する必要もない。

「きみは誇り高くて自立心が強いと、ネイサンは言っていた」彼は優しく言った。「それはいいことだ。だが、きみの兄さんは僕のチームの一員で親友だ。きみがどう思おうと僕のチームは家族も同然だ。もし僕で役に立てることがあれば知らせてほしい。ネイサンはきみたちが苦労するのは望まないだろう」

彼は金銭的な援助を申し出ているの？　ティアは怒りを抑え、礼儀正しく言った。「すみません、殿下。でも私たちは今までどおりやっていけます」

「きみの気分を害するつもりはない」彼は言った。

「ただ……」一瞬、罪悪感に苦しむ表情を浮かべる。

「ネイサンを救うために僕は何もできなかった」

「兄の死はあなたのせいじゃないわ。ネイサンは任務の危険性を知ったうえで軍に志願したんです」兄が父の歩んだ道をたどろうとしたのは知っている。

「わかってる。だが彼を悼む気持ちは消えない」ショックに打たれた顔で、まるで言うつもりのないことを口にしてしまったかのようだ。瞳にまた悲しげな表情がよぎったが、彼は再びそれを隠した。

プリンス・アントニオは恵まれた特別な環境で育ったにもかかわらず、心の奥では孤独を感じている。たった今、冷静沈着な仮面の背後に、この男性の素顔をかいま見た気がする。ティアの脳裏に兄の声が響いた。〝彼は抱きしめてほしいんだ〟

抱擁は公式の礼儀作法からは外れている。それでもティアは自分のマグカップをコーヒーテーブルに置くと、アントニオのほうに歩いていき、彼のマグカップを自分のマグの隣に置いて彼に腕をまわした。

ずっと長い間、彼は身動きできずに立ちつくしていた。それでも、ティアが謝ろうとして一歩後ずさりしかけると、彼はティアの背中に腕をまわし、温かく慰めるように抱きしめ返した。

ティアは本当に慰めのつもりだった。ただ慰め、悲しみをわかち合おうとした。だが、一方が動いて——ティアにはどっちかわからなかったが——彼の頬がティアの頬に押しつけられた。触れ合うティアの肌が熱くなった。さらにわずかな動きで——ティアだろうか、彼だろうか——唇の端が触れ合った。

さらにごくわずかな動きで、彼の唇がティアの唇をかすめた。こんなことをしてはいけない。

二人の人生はあまりにもかけ離れている。どちらもこんな関係を始められる立場にはいない。彼には公務があり、ティアには日々の仕事と母の介護がある。こんなことを始めても何もならない。

それでも彼に慰められ彼を慰めたいと思う誘惑はとても強かった。これは二人にとって必要なことかもしれない。ほんのひと晩。なんのしがらみもなく。

アントニオがネイサンの訃報を告げに来たとき、感情を表に出さなかったように、ティアも母のために強くあらねばと涙を押しとどめてきた。

彼が唇を離してティアの瞳を見つめると、ティアはそこにきらめく涙を見た。彼は懸命にこみあげる感情を抑えようとしている。今夜は一緒に泣けるかもしれない。ともに悲しみから解き放たれ、互いを慰め、癒やし合えるかもしれない。今夜だけでも。

「僕と一緒にいてくれ、ティア」彼はささやいた。

常識からすれば、ティアは立ち去るべきだった。明日は朝から仕事だ。それに母親のこともある。

でも必要なときはベッキーがすぐ隣にいてくれる。明日は紅茶ではなくコーヒーを飲めばシフトを乗り切れるだろう。今はアントニオが彼女を必要としている——そしてティアも彼を必要としている。

ティアは彼の頬に手のひらをあてた。「ええ」

彼はもう一度キスをしてティアを腕にすくいあげると、彼のベッドへと運んでいった。

1

十二月

どうしたらいいの。ティアは思いつめ、丸みをおびた腹部に守るように手をまわした。

マイルズ・モンタギューは王室の秘書官として、礼儀正しい受け答えなのだが、これまでかけた電話とまったく同じで、ティアの話に取り合わず、アントニオにつなぐのを拒んだ。ティアは電話があったと彼に伝えて、折り返し連絡してほしいと伝言を頼んだ。ティアはマイルズに、自分はプリンスとは顔見知りで、どうしても話したいことがあると言った。

それでもマイルズの反応は変わらず、結婚相手として格好のプリンスには何百人もの女性から電話がかかってきて、握手をしたとか、招待客リストに彼が載る催しに出席したとか、そんな理由で彼と〝顔見知り〟と言っているのだと考えているようだった。秘書官は明らかに、ティアを迷惑電話をかけてくる女たちの一人と考え、取り次ぐ気はないらしかった。

マイルズの受け答えはあくまで丁重で、お力になれることはありませんかとか、お困りのことがありましたらお伝えしますがとか、きいてきた。

でも彼がいくら分別がありそうで、アントニオをよく知る人物のようでも、この種の知らせを第三者を通じて伝えられるだろうか。彼女自身が直接伝えるべきだった。一夜をともにし互いに慰め合い、二度と口にされないはずの夜が招いた結果なのだから。

ティアはアントニオが彼女の兄を知っていると説明しようとしたが、マイルズはあの丁重で、それでいて断固とした口調で、プリンスがなぜ彼女の兄をを知っているのか正確に知りたがった。ティアはそれ以上説明できず、涙をのんで話を切りあげた。

王室の秘書官が多国籍連合軍でアントニオのチームにいた者の名前すら知らないなどということがあるだろうか。当然知っているべき情報なのに。

いらだちとみじめさにさいなまれ、ティアは電話を切った。アントニオに赤ん坊のことを話そうと何度試みただろう。彼のEメールのアドレスは知らない。もし知っていても、誰かが――おそらくマイルズ・モンタギューか彼のチームのメンバーが――アントニオに届く前にメッセージをチェックし、重要でないか、不適切だと判断して除外するだろう。ティアのメールも間違いなくその中に含まれる。手紙も同様だろう。彼女のメッセージは電話がブロックされたように、効果的にブロックされる。

もうどうしようもなかった。自力でカーサヴァッレに行って伝えるしかない。アントニオに会って。

王宮の玄関先に座り込んでてこでも動かなければ、彼と話をさせるしかなくなる。そうすれば伝えられる――妊娠六カ月だと。彼は自分の目で確認できる。ティアは皮肉っぽく思った。そして立ち去ればいい。

ティアはもともと彼に話すつもりはなかった。数カ月は妊娠とわからず、ようやく生理がかなり遅れていると気づいて、妊娠検査をした。それまでにティアは、母親を楽しませようとして買ったゴシップ誌の見開きページで、カーサヴァッレのプリンス・アントニオの記事を見ていて、彼の腕を飾った四人の女性のうち誰が未来の花嫁になるか予想していた。

なんとも皮肉な話だった。ティアは本当のプリンスの姿をかいま見たと思った。兄の親友だった男性なのに――でもたぶんメディアが伝えているとおりなのだろう。彼はあの夜、本当にティアの慰めを必要としていたのだろうか。彼にはいつでも慰めてくれる女性たちがいるのに。ティアは自分の愚かしさが腹立たしく、アントニオに妊娠について打ち明けると母親を説得するのにさらにもうひと月かかった。

六週間経《た》っても、ティアはまだ彼に話せていない――ティアは顔をしかめた。アントニオには何も期待していない。彼女自身のためにも、赤ん坊のためにも。もちろん、給付金やほかのどんなものも期待していない。アントニオは兄の親友だったのだから、赤ん坊の存在を伝えないわけにいかない。それが最低限の義務だった。なぜなら二人の人生はあまりにも違っていて、今後交差することはないだろうから。

ティアはインターネットで検索した。カーサヴァッレ行きの最安値の便だと、明日の夜八時半に着く。

空港から王宮までどのくらいの距離か見当もつかないが、荷物の受け取りを待つ必要がなくても、保安検査や税関は通らねばならない。午後十時に王宮に着いたとしても――面会を求めるには遅すぎる。

午後の早い時間に着くには……。ティアはフライトの時刻表を調べた。早朝にロンドンを発《た》ち、ローマで乗り換えてもいい。待ち時間は二時間だ。でも、そのフライトでは費用が割高になる。経費はできるだけ抑える必要があり、格安のフライトを選んで、ホテルで前泊すれば、さらに費用がかかってしまう。赤ん坊のためにも、むだ遣いはしたくなかった。

ティアはおなかをなでた。「空港に静かに座れる場所があるといいのだけど。王宮にはタクシーで行きましょうね」マイルズ・モンタギューに面会を求めてもいい。ティアの姿を見ればすぐアントニオと話すのがなぜ重要なのか理解できるだろう。そうすれば彼にメッセージを託して――帰国できる。

水曜日。民間の職場では〝週の真ん中《ハンプ・デイ》〟と呼ばれている。だがプリンスには一日の休みもないと、アントニオは思った。特に長い間、音信不通の姉が父の後継ぎとして王国の統治者になるかもしれないときや、兄の婚約者が挙式前夜に恋人の子供を身ごもっていると兄に告げ、国中が待ち望んだロイヤル・ウエディングが直前で中止になったときは休みなどありえない。アストゥリア家もヴァレンティ家と同様、スキャンダルを最小限にとどめたいと切望し、新郎新婦の〝和解しがたい不和〟のために結婚式は中止されたとメディアに共同声明を出した。

兄のルカが王宮から離れたがり、カナダにいる長く音信不通だった異母姉のガブリエッラに会いに行ったために、当初アントニオが会いに行く計画は変更され、彼が王国にとどまることになった。

この国の統治者として。第三位の王位継承者としてはこんな事態は想定外だった。父の在位が長く、後はルカが継ぎ、ルカとプリンセス・メリベルの間に子供が生まれ、次の王位継承者になると思っていた。だが、この一年で人生が根底から覆り、あらゆることがすべて真実ではないとわかったのだ。

一日でいいから、目先の問題にばかりとらわれず、政治情勢に折り合いをつけたりもせず、自分のことを考える時間が欲しかった。父もこんなふうだったのか。ヴィンチェンツォ国王があんなによそよそしく、息子たちからも距離を置いていたのは、言葉や表情、振る舞い一つにも注意していたからなのか。

開いたドアにノックの音がして、アントニオは顔をあげた。王室の秘書官が立っている。

「やあ、マイルズ。何かあったのか？」アントニオは尋ね、無理に笑みを作った。秘書官の用件がなんであれ、政治やメディアの注目をさらに集めるような問題でなければいいがと願わずにいられない。

「実は……」マイルズは切り出した。

秘書官は普段は落ち着き払っている。だが今は明らかに表情を曇らせている。アントニオの心は沈んだ。王室はまた新たなスキャンダルに見舞われるのか。〝二度あることは三度ある〟というが、長く音信不通だったプリンセスの存在と、兄の婚約破棄は、間違いなく〝二度あること〟に数えられる……。

まるでテレビのメロドラマを地で行っているような気分だ。アントニオはこんなドラマはもうたくさんだった。彼は軍隊に戻りたいと思った。得意とする仕事の現場に戻りたかった。

「いったいなんだ？」彼はきいた。

「あなたにお目見えを願う人物がおいでです」

「誰だ？」彼は目を細めて尋ねた。

「ティア・フィリップスという若い女性で、あなたをご存じだそうですが」

ティアがここに？　とたんにアントニオは動揺し、わき起こった欲望のかすかなおののきを静めた。あの夜は二度とありえない。二人にとっては慰めで、一夜限りのことであり、互いになんの期待もしていない。だがマイルズにそこまで言う必要はない。ティアが言っているのは本当だと伝えるだけでいい。

「ああ、彼女は僕を知っている。僕は彼女の兄と同じ多国籍連合軍にいた」

罪悪感がアントニオを襲った。ある意味で、彼は二度ティアを見捨てたことにならないだろうか――一度目は彼女の兄の訃報を告げに行ったときだ。あのとき彼はあくまで冷たく堅苦しいだけだった。それから軍務に戻り、その後に父を亡くし、王室の公務で忙しくなった。二度目は、ロンドンでのチャリティ・ガラのあとの夜だ。二人はベッドで互いを慰め合い、ティアは翌朝早く、彼が目覚める前に姿を消していた。仕事があると短い書き置きを残して。

彼はなんの責任を問われることもなかった。

心の一部では、ほっとしていた。なぜならあのとき、自分の気持ちを見つめ直したり、抑えたりしなくてもよかったからだ。一方で、親友の妹とベッドをともにしたことに罪悪感を感じてもいた。互いを慰め合うためだったとはいえ、責任は感じていた。

だから何か母親の助けになれないか連絡するつもりだった。メディアは彼をいつまでも身を固めないプレイボーイと決めつけたがるが、彼はそれほど卑劣な男ではない。メディアが伝えるニュースで唯一真実なのは、彼が身を固めるのを望んでいないという一点だけだった。彼の情事はいつもつかの間で、とても慎重だった。ガールフレンドたちには将来の約束はしないと常にはっきりさせている。関係は今だけのもので、永久に続くものではないと。

ところが、ティアに連絡しようとしたあの朝、母親からガブリエッラの存在と彼女の王位継承権について知らせが入った。母親のマリア王妃は末息子にすぐに帰国し、今の状況について話し合い、何か打つ手を一緒に考える必要があると言った。すべては極秘裏に行われねばならず、ルカにはよけいなプレッシャーをかけてはならない、彼は国を治めるためにするべきことがたくさんあるのだから、と。ティアのことはアントニオの頭から忘れ去られ、連絡も取らず、彼はカーサヴァッレにすぐ戻ったのだった。

アントニオと王妃がガブリエッラの問題をどう処理するか結論に達しかけていたとき、プリンセス・メリベルの爆弾発言があり、ルカの結婚式はキャンセルされた。あとはすべてが大混乱に陥り、アントニオはこの一カ月、息つく暇もない忙しさだった。

「王宮に何度か電話がありました」マイルズが言う。「ですが、直接やってくるとは思いませんでした」

ティアが何度か電話を？　なぜだ。「なぜつないでくれなかったんだ？」アントニオが問いただす。

マイルズはひるんだ。「ガブリエッラ様のお手紙をマリア王妃にお渡ししてしまった過ちを繰り返したくなかったものですから」

ガブリエッラの手紙か。〝親展〟と印刷されていたために個人的な私信として、王妃に届いてしまった例の爆弾発言だ。ルカはその件で秘書官にかなりきつくあたっていた。以来、マイルズはどのメッセージを王族に伝えるか極度に用心深くなっていた。

だがアントニオは末弟で、父や兄よりものわかりはいいほうだ。

「今、その女性はここに来ていて、あなたに会いたがっています」マイルズが続けた。

アントニオは笑みを浮かべ、秘書官を安心させようとした。「大丈夫だ。言ったように、僕は彼女の兄と軍務に就いていた。彼はいい友人だった。数分なら彼女と話してもいい。どこにいるんだ？」

「私のオフィスです」マイルズは言った。「ですが、殿下、お会いになる前に、彼女がひどく奇妙なことを言い張っているとお伝えしておきます。今妊娠六カ月で――あなたの子供だと言っているんです」

「彼女がなんだって？」アントニオは腹にこぶしを見舞われた気がして息が苦しくなった。

「彼女は明らかに妊娠しています」マイルズはひるんだ。「赤ん坊が動くのがわかりそうなくらいに」

アントニオは頭の中で計算した。五月だ。二人は五月にベッドをともにした。今は十一月。半年前だ。

アントニオはこれは兄の場合とは違うと確信していた。プリンセス・メリベルはほかの男の子供をルカの子供と偽っていたかもしれないのだから。ネイサンは妹を誇りにしていた。その独立心と忠誠心、そしてさまざまな能力の高さを。アントニオはティアがこんなことで嘘《うそ》はつかないと信じている。

それに計算もぴったり合う。「もちろん、あなたの赤ん坊ではありませんね」マイルズが言う。

そうあってほしい。だが六カ月だ。ティアは少なくとも三カ月で、おそらくもっと前に気づいたに違いない。なぜもっと早く言ってこなかったのだろう。

それでも、マイルズはティアが何度か連絡してきたと言っていた。なのに彼は電話をつながなかった。明らかにティアはアントニオと話したがったのに、秘書官によってやんわりと無視されていたのだ。

「彼女はどのくらい前から僕と連絡を取ろうとしていたんだ？」アントニオは尋ねた。

「数週間前からです」マイルズは認めた。

するど、赤ん坊のことがわかるとすぐ、ティアは彼に伝えようとしたに違いない。マイルズが何週間も立ちはだかっていたのなら、ここに来るのはティアにとって最後の手段だったに違いない。なぜならティアには彼に連絡する方法がほかになかったからだ――マスコミに駆け込んで彼の家族に最大限の恥をかかせることなどありえない。そんなことは彼が知るネイサンの妹にはまったくそぐわない。

「この件について、プリンス・ルカに話しました」マイルズは続けた。「すると、彼女は雑誌であなたの写真を見て、勝手に恋をして、作り話のヒロインになっているのだということでしたので――」

「ちょっと待て。ルカはこの件を知ってるのか？」

「電話があったことは。赤ん坊のことはまだです」マイルズは居心地悪げに身じろぎした。「今日、初めて知りました。その女性に会って。あの腹部は、その、かなり目立ちます」

アントニオはうめき声をあげた。「この件はあとで話そう。ルカともだ。今は彼女に会うのが先だ」

「あの女性は本当のことを言っているのですか？」

「本当だ」アントニオは不機嫌に言った。親友の妹とベッドをともにしたことへの罪悪感がどんどん強くなる。それだけでなく、彼女を妊娠させた。「計算が合うから、間違いなく僕の子だ」彼は部屋から飛び出すと、マイルズのオフィスに急いだ。

ティアは気分が悪くなった――妊娠のせいではなく、今のこの状況のせいだ。いったい何を考えていたのだろう、こんなところまで来て？　マイルズ・モンタギューは彼女をオフィスに残して出ていった。

まわりの様子には圧倒されてしまう。ティアは王宮にいた——まさに、王宮にだ。ティアのような一般人は休日に大邸宅や博物館を見学するのでない限り、王宮には行かない。とても現実とは思えなかった。

アントニオはこの知らせにどう反応しただろう。ショック？　落胆？　恐怖？　ここに来るまでは、アントニオの反応などどうでもいいと思っていた。知らせを伝えて、立ち去ればいいと——でも、それが問題なのだ。今、ティアはその場にいる。そして、ほんのわずかなひどく愚かな部分では、アントニオがティアを見て喜び、腕に抱きあげてはくれないかと願わずにいられなかった……。

でも、もちろん、そんなことはありえない。ティアは妊娠六カ月で、アントニオは彼女を抱き寄せようとさえしないだろう。ここは彼の王国で、きっと兄の訃報を伝えに来たときとまったく変わらず、冷酷で堅苦しいプリンスに戻っているだろう。

ちょうどそのとき、アントニオが部屋に入ってきた。あくまで冷静沈着、平然としている。まばたき一つせず、まったくショックを受けているようにも見えない。思ったとおり、彼はどこまでも冷酷だった。不可能なことを望んでいたティアのささやかで愚かな願いは、しぼんで、ついえてしまった。

一番困ったのは、ティアが彼に感じていた魅力の炎がまだ消えずに残っていることだ。それどころかさらに強く、彼の腕の中で一夜を過ごすのがどんな感じか、ティアは今でも知っている。彼を見ただけで、ティアの心臓は大きく跳ねた。

なんて愚かなの？　彼はプリンス、彼女はウエイトレスなのだ。『シンデレラ』や『白雪姫』や『美女と野獣』は子供たちを楽しませるためのおとぎ話にすぎない。これは現実なのだ。ティアの人生とアントニオの人生はあまりにもかけ離れている。二人の未来が一つになることはありえない。

「会えてよかった、ティア」アントニオは言った。

本当に？　でもティアは彼の表情がよく読めない。

「マイルズは何か飲み物は出さなかったのか？」

「ええ」だがティアは断った。望みはただ、アントニオに会って知らせを伝え、そして立ち去り、帰りの飛行機に乗る、それだけだった。今、ティアはここにいる。あとはもう立ち去りたいだけだった。

彼はティアの前の何もないデスクを見て顔をしかめた。「お茶はどうかな。お茶なら飲めるだろう」

ティアは彼が何が言いたいかわかった。でも、朝のつわりの時期はもう過ぎていた。「ありがとう。でも、大丈夫。長居はしないから」

アントニオは何も言わず、ただ一方にかすかに首を傾け、ティアの話を聞こうとはしているようだった。いかにもプリンスらしく、信じられないほどよそよそしい態度で近づきがたかったが。ティアは顎をあげた。「ただ、今の状況を知ってほしくて」

「マイルズによれば、きみは妊娠六カ月だそうだが。もっと早く――」

彼に話していればよかった？　そう、ティアはひと月待った。〝プレイボーイ・プリンス〟の彼には話したくなかったからだ。それでも六週間が経ち、母親の後押しもあって連絡しようとした。すると自分が悪者になった気がしてひどく傷ついた。「話そうとしたわ」ティアはさえぎった。「王宮に連絡したのよ、何度も。こんなことで伝言を残したくなくて、自分であなたに話したくて。でもミスター・モンタギューは私が電話してもあなたにつないでくれなかった。電話番号が忘れられているといけないので、もう一度伝えておいた。でも、あなたから返事がなかったので、ミスター・モンタギューはあなたに伝えてくれなかったのだとわかったのよ」

ティアは彼がこの話にどう反応しているかわからなかった。衝撃を受けているのか、怒っているのか、恐れおののいているのか。何も読み取れなかった。

「だから直接ここに来てあなたに言うしかないと思ったのよ。あなたはようやくわかったと思うけど」

彼はティアのほうに一歩も踏み出そうとしなかった。ロンドンのあの夜は……明らかに、アントニオにとってははるか昔の特別なことだったのだ。どちらも結果を予期していなかった。彼に書き置きを残し、ほんの少しは電話をくれるかと期待はしていても、実際に彼が何かしてくれるとは思っていなかった。あの夜はあの夜だ。一夜限りの関係でしかない。

するとその現実がティアをとらえた。彼女はマイルズ・モンタギューが伝言を伝えなかったと思い込んでいた。たぶん彼は伝えていたのに、プリンス・アントニオが連絡してこなかっただけなのだ。彼女も赤ん坊もここで必要とされていないのは明らかだ。

それでもアントニオが知ろうとしないと予想して、シングルマザーになるという考えは持っておくべきだった。ティアはこれまでも困難にはうまく対処してきた。ネイサンが軍隊に入り、十三歳で母の面倒を一人で見るようになってからも、困難な日々にうまく対処してきた。赤ん坊もきっとうまく育てられる。仕事と母親の介護も続けながら。カフェの店主のジョヴァンニとヴィットリア夫妻は、優しくて思いやりのある人たちだ。きっとうまくいく。

アントニオが部屋に入ってきたとたん、ティアは脳裏にいっきによみがえる記憶を抑え込んだ――こみあげる欲望に、アントニオの肌がティアの肌に押しつけられ、その力強い感触が驚くほど優しかった記憶だ。いくらこの男性がティアの赤ん坊の父親であっても、何よりもまず彼がプリンスだと忘れてはならない――彼には求められてもいなければ、抱く気持ちもまったくふさわしくないものなのだから。

彼をなんと呼べばいいのかさえわからない。

殿下？　それとも、プリンス・アントニオ？

二人が夜をともに過ごしたことを考えると……。

すべてがティアの手には負えそうになかった。この冷たく堅苦しい王宮には、もう一分もいたくない。

「ごめんなさい。飛行機の時間があるから」ティアは立ちあがり、コートを腕に抱え、背を向けた。

アントニオが手を伸ばして彼女の肩に触れ、優しく向き直らせた。「ティア、いてくれ。話がある」

彼の肌とティアの肌は柔らかな綿の生地で隔てられていたが、その触れ合いが昔の記憶を呼び起こすには十分で、ティアは肌が火照った。それはまったく不適切で、ティアはいたたまれない気分でぴしゃりと言った。「話すことなんて何もないわ」

彼の視線がティアの腹部に注がれ、再び彼女の顔に向けられた。「むしろあると僕は思うが」

「でも、私はあなたに何も期待していない。経済的な援助もその種のことは何も。ゴシップ欄に独占記事を売るつもりもない。私はただあなたにも子供の存在を知る権利があると思ったから、それだけよ」

「教えてくれてありがとう。王室のスタッフが僕と連絡を取るのを難しくしてしまってすまなかった」

ティアも思いは同じだったが、考えてみると彼女にも少しわかる気がした。「あなたはプリンスなのだから。スタッフからすれば、私があなたに夢中なストーカーのように思えたのかもしれない」

「きみは親友の妹だ」アントニオは言った。彼の子供の母親でもある。だが、そこまでは言わなかった。「ティア、ここにいてくれないか。僕はまだ自分が父親になるという事実を受けとめているところなんだ」彼は言った。「話したいことはたくさんある。でもその前に紅茶の用意をさせよう。ロンドンからはるばる来て、何も食べていないんじゃないか?」

「飛行機の中でサンドイッチを食べたわ」半分だけで気分が悪くなった。ここに来てアントニオに赤ん坊の話をすると考えて緊張していたのかもしれない。

「機内食は最高とは言えない」アントニオは言った。

「厨房《ちゅうぼう》のスタッフの手をわずらわせたくないわ」

彼は笑みを浮かべた。「僕の部屋に来ればいい。僕が紅茶を淹《い》れてサンドイッチを作る。パスタでもいい」両手を広げる。「好みのものはなんでも」

ティアはまばたきをした。彼が料理を作ってくれるの？「プリンスは料理をしないでしょう」

「軍隊でなら作るさ。交代でなんでもこなして初めてチームの尊敬が得られる。掃除当番もしていた」

「まあ」まったくの予想外だった。それでもロンドンでの夜、彼はティアにマグで紅茶を淹れてくれた。

「一緒に来てくれ。きみの荷物は僕が持つ」

「荷物はないわ。今夜ローマ経由の遅い便でロンドンに帰るつもりだったから。私はただ赤ちゃんのことを伝えに来ただけで滞在する予定はなかったの」

「行かないでくれ。頼む」彼はふっと息をついた。「話さねばならないことがたくさんある。カーサヴァッレのニュースにどれだけ注目しているかわからないが、ここでは恐ろしいほど多くのことが起こっている。スキャンダルの種が尽きない。マスコミはきみを見たら、もみ手をして大喜びで、さらなるスキャンダルを掘り起こしにかかるだろう」

ティアはそこまで考えていなかった。「でも、私がなぜここに来たのかわからないでしょう」

「臆測をめぐらすのさ。真実かどうかは問題じゃない。読者が多く見込めそうなものならなんでも提供する。きみを知る誰にでも話を聞き、スキャンダルのヒントを掘り起こす。きみの母親は格好の標的になる。少なくとも赤ん坊が生まれるまできみたちには僕の保護が必要になる。マイルズ・モンタギューの助けもだ。知ってのように、マイルズはほとんど何も受けつけない。ときには必要なことでも」

オフィスのドアにノックの音がした。

「入ってくれ」アントニオが応える。

王室の秘書官本人が自分のオフィスのドアを開けた。「殿下？　ミス・フィリップス？　何も問題はありませんか？」心配そうに尋ねる。

「大丈夫だ。マイルズ、あとでちゃんと説明する。だが今はこのことはどこでも、誰にも他言は無用だ——母上にも、ルカにもガブリエッラにもだ」アントニオの口調には警告の響きがうかがえ、年配の男性は顔をぱっと赤らめ、デスクのほうに歩いてきた。

「もちろんですとも」

アントニオはため息をついた。「母上たちには時機を見て僕が話す」そこで口調を少し和らげる。「次の一時間くらいの間、もし急用があれば、僕は自分の部屋にいる。だが、できれば口実を作って引きとめてくれるとありがたい、マイルズ。ティアと僕は内密に誰にも邪魔されずに話がある」

「もちろんですとも。必要とあれば……」

アントニオは彼の肩をたたいた。「きみがいてくれる。わかっている。それには感謝している」

マイルズはうなずき、それからティアを見た。表情がぎこちない。「これまでの失礼を、ミス・フィリップス、お詫《わ》びいたします。オフィスに電話をいただいたときも、ここにいらしたときも」

ティアはあわてたが、彼がなぜこんな態度をとったのかは理解できた。「あなたは職務に忠実だったのよ」彼女は言った。「プリンスを守るために」

「そしてティアもきみの保護下に置かれることになる」アントニオは言った。「きみにはあとで説明する。ティア、一緒に来てくれないか」彼はティアをじっと見て、急いで言い添えた。「頼む」

そうよ。ティアはアントニオの部下でも使用人でもないから、彼に命令されるつもりはなかった。

王宮は外から見てもその威容を誇っていた。巨大な白い石造りの建物で、塔や小塔、さらに小さな尖《せん》塔《とう》、大きな窓が目につく。長い私道はドイツトウヒの巨木の並木道になっていて青と白の照明で交互にライトアップされている。弧を描いて伸びる花崗岩《かこう》の階段の上に巨大な玄関ドアがあった。ティアは王宮の中に入ってさらに圧倒された。玄関広間は大聖堂のように広く、高さが十メートル以上もありそうなクリスマスツリーがそびえ、てっぺんに飾られた天使は天井に届きそうだ。ツリーはほかにない貴重なクリスマスボールで美しく飾りつけがされ、特別な展示物のようだった。実際、多くの人々がツリーを見に王宮を訪れていて、ティアはその間を縫って中に入るとすぐ、秘書官に面会を申し出たのだった。

ツリーはとても立派だったが、同時にひどく改まってもいた。だからティアがロンドンの自宅に飾るクリスマスツリーのような温かみは感じられなかった。ティアたちのツリーの飾りは何年もかけて集めたもので、一つ一つが意味を持ち、思い出があった。古びた作りもののツリーはクリスマスの一週間前まで飾られなかったが、ここでは十一月の初めからすべて準備を終え、所定の場所に飾られる。とはいえ、もしかしたら王宮の一般公開されている部屋は事情が違っていて、訪れる人々が早くから飾りつけを見るのを期待しているのかもしれない。

マントルピースや階段の手すりにはモミやマツの美しい花綱があしらわれ、部屋には贅沢《ぜいたく》な飾りつけが施されて、クリーム色の壁のいたるところが金色に輝いている。大きな窓や鏡が外からの光を反射し、クリスタルや金のシャンデリアが部屋をさらに重厚に見せている。天井には貴重な絵が描かれている。クリスマスツリーがどの部屋にもあり、測ったような正確さで一定の間隔で飾りつけがされている。テーブルの脇にはエキゾチックなポインセチアが優美に飾られ、弧を描く階段が長い廊下へと続き、豪華な絨毯《じゅうたん》は歩くたびに足が沈んでしまいそうだ……。

そこは別世界で、ティアのような者には決してなじめない世界だった。ティアは圧倒されていた。

アントニオに弧を描く階段を二階へと案内されながら、彼が話しかけていることには気づいていたが、話に集中できなかった。ようやくアントニオがドアを開け、ティアに入るよう促した。居間は王宮のほかの部屋よりもずっとありふれていて、家具はアンティークのように古くなく、座るのはもちろん、触れるのもはばかられるような高価なものには見えなかった。ほっとしたことに、金色に輝くものは目に見えて少ない。マントルピースの上には純金の写真立てが並び、アントニオの家族写真がほとんどだったが、軍隊でのアントニオのチームの写真もあり、兄が写っているのを見てティアは涙があふれてきた。

「お茶を淹れようか」彼が言い、ティアをキッチンに案内した。普通の部屋より大きいが、ありがたいことに、王宮で見てきた部屋の中では小さめだった。

「ありがとう。助かるわ」

「何か食べるものは？」

「ありがとう、でもおなかはすいてないから」

彼はもの問いたげな顔を向けた。「きみは妊娠している。食べたほうがいい」

ティアは応えなかったが、二、三分後、気がつくとキッチンテーブルにつき、好物のマグに淹れた紅茶とチキンサラダのサンドイッチを前にしていた。

「こんなことまで――」ティアは言いかけた。

「食べて」彼がさえぎった。「話はそれからだ」

ティアは指示に従うしかなかった。サンドイッチと紅茶で気分がよくなったと認めざるをえず、彼はティアが食べ終えるまで黙って紅茶を飲んでいた。

やがて彼はティアを見つめた。「よし。では、始めよう」優しく言う。「気分はどうだい」

「良好よ」

「本当に？　大変な思いをする女性もいるのに」

ティアは肩をすくめた。「妊娠初期に少しつわりがあったけど。普段と変わりなかったわ」ハンドバッグを開け、写真を取り出して渡す。「これを」

「ありがとう」彼は礼儀正しく言った。

「私たちの赤ちゃんよ。先月の二十週目の検診で」

「僕たちの赤ん坊か」彼は言った。

ティアはまだ彼が何を考え感じているか、まったくわからなかった。声にも顔にも変化がうかがえず、じっと写真を見ている。うわべは都会的な魅力あふれるプリンスそのものだった。彼はショックを受けているの？　おびえている？　内心喜んでいるの？　王家の外見の背後にどんな男が隠れているだろう。

「では」彼は言った。「まず難しい質問から始めようか。きみは子供をあきらめる気はないのか？」

「中絶にはもう遅すぎるわ」望んでもいない。

「そうではなく、出産後、養子に出す気なのか？」

「いいえ」

「では彼を、あるいは彼女を育てるつもりなのか」

〝それを〟と彼は言わなかった。少なくとも彼がそう言わなかったことにティアは感謝した。「ええ」

「ならば僕がきみの経済的な責任を引き受ける」

「そのために来たんじゃないわ。自分でなんとかするから」苦労はするだろうけど、なんとかやりとげてみせる。赤ちゃんと母に割く時間をやりくりして。

「ティア、この子はヴァレンティ家の嫡出子になる。少なくとも、この子は……」彼は息を吸い込んだ。「このままでいけば、王位継承順位が四位になる」

ティアは衝撃のあまり彼を見た。「どうして？」

「この辺の事情は少し込み入っていて、だからあのロンドンのあと……きみに連絡しなかったんだ」

二人がともにしたあの夜。明らかに彼にはなんの意味もなかったのだ。二人の赤ちゃんを授かった夜。

「ああ、まさか」ティアは彼のように冷静沈着で、落ち着いていられたらと思った。それでも心の内では彼にわめき散らしたかった。

「きみが書き置きを残したあの日、僕はあとで、きみのシフトが終わったころ連絡するつもりだった。だが、あの朝、母がガブリエッラのことで電話をかけてきた――父が最初の結婚で儲《もう》けた娘なんだが、つい最近まで誰もその存在すら知らなかった。母はどう対処すべきか僕と話し合って決めたいと言ってきた。ルカは手いっぱいで、国を治め即位する準備で忙しかったからだ。家族に必要とされていたので、僕はカーサヴァッレにすぐ戻らねばならなかった」

ティアにもそれは理解できた。彼女もネイサンもそうしただろう。母親のために駆けつけていた。母親は家族であり、二人を必要としているからだ。

「僕は家族のことで頭がいっぱいで、きみに連絡することまで思いがおよばなかった。すまなかった」

ティアはアントニオがチャリティ・ガラのあと連絡してくれなかったことで傷ついていた。それでも、自分がどんなにばかげていたかもよくわかっていた。プリンスがただのウエイトレスに好意を持つわけがない。もちろん彼は一夜の情熱以上は何も求めていない。あれは一夜限りの関係なのだ。でも今、ティアはもっと違う視点から物事を見ていた。アントニオははるかにもっと大きな世界を相手にしている。

「今のところDNA鑑定の結果待ちだが、母もルカも僕も、ガブリエッラが父の長女である確率は高いと思っている。それは彼女が王位に就き、カーサヴァッレを治める資格があることを意味する。彼女に子供はいないから、兄のルカが後継者となり、王位継承順位が二位となる。ルカにも子供はいない。元婚約者のプリンセス・メリベルは妊娠しているが、ルカの子供ではない。ということは僕がルカの後継者であり、王位継承順位が三位となる。さらに僕たちの赤ん坊が後継者になり、王位継承順位が四位となる」彼は肩をすくめた。「だがもしDNA鑑定が違っているか、ガブリエッラが即位しないと決めるかすれば、すべての順位が一つ繰りあがって、僕たちの赤ん坊は王位継承順位が三位になるわけだが」

その瞬間まで気づかなかったが、ティアはようやく、自分の子供が王家の血筋を引くと気がついた。

王家の血を引く子供。「そんな……」言葉が途切れ、ティアは事態があまりよくのみ込めなかった。

「今も言ったように」アントニオは静かに続けた。「ルカとメリベルの結婚はずっと前から決まっていた。だがメリベルは挙式前夜に、彼女にはすでに恋人がいて、彼の子供を身ごもっているから結婚できないと言ったんだ。僕たちは彼女の家族と同意のうえで、和解しがたい不和を理由に結婚は取りやめになったと、僕たちが公表することになった。もっとも、アギラレスの国民は――メリベルの王国で、山脈の向こう側にあるんだが――それはルカが挙式寸前に突然婚約を破棄したからだと考えて、結婚が実現しなかったのをルカのせいにしているんだが」

アントニオは顔をしかめた。

「多分に政治的で……微妙な問題だったんだ。真実を話さないままであれば、いずれ両国の間に大きな軋轢《あつれき》が生じていたかもしれない。それでも、もし真実を話せば――メリベルは不義を働いたことになり――彼女が責めを負い、不名誉きわまりない」

ティアにはよく理解できなかった。「どうしてその女性が誰かと情事を持つと不名誉になるの?」

「不名誉に決まっている」アントニオは言い張った。

「あなたたちがなんと言おうと、勝ち目はないんじゃないかしら」ティアはゆっくり言った。

「そういうものなんだ。誰かが真実をもらしてしまうことだってありうる。僕たちからでなくても」彼はすぐに話をはっきりさせた。「メリベルは今すぐ身を隠すことになり、メディアはカーサヴァッレを詳しく調べあげ、僕たちのあらゆる動きに目を光らせて、スキャンダルになりそうなことをすべて探り出そうとするだろう」彼はティアをじっと見た。

「王宮の誰かがきみを見とがめて、僕との面会をマイルズに求めるところを聞いているかもしれない。きっときみの腹部のふくらみにも気づくだろう。きみについて聞き込みをしているかもしれない――きみが何者なのか、なぜ王室の秘書官と話したがっていたのか、誰の子を身ごもっているのか。連中はきみが王宮から出てくるのを待ち受けているかもしれない。

パパラッチは手段を選ばないんだ、ティア。連中は空港で話しかけてきたり、乗客同士のおしゃべりだときみに思わせたりもする。あらゆる質問をして、きみから情報を引き出し、その間、きみは何をされているかもわからない。次の瞬間には情報はメディア中に知れ渡っている。インターネットで調べあげ、きみについてあらゆることを知るようになる。きみがロンドンに戻るころには――きみの住所や職業、お母さんの健康状態などすべて調べあげる。やがてきみのあとをつけ、玄関先に張り込むようになる」

「張り込む？」ティアには理解できなかった。

「玄関先に押し寄せてきみを待ち受ける。裏口もそうだ。逃げ場がなくなる。ドアを開けたとたん、カメラのフラッシュが光り、大声できみの名を叫び、質問を浴びせる。映画で観《み》たことがあるとしても、それはロマンティックに描かれているにすぎない。

きみが何か言っても都合のいいようにねじ曲げられる。何も言わなければ、さまざまに臆測し、意地の悪い意味合いを言外にほのめかす――だがきみは抗議もできない。連中が求めているのは質問することで、きみの意見を記事にすることではないからだ。きみの人生はきみのものではなくなってしまう」

そんなこととは思ってもみなかった。ティアはただ、アントニオに二人の一夜がどんな結果を招いたかを伝え、そっとロンドンに戻るつもりだった。

「私はただ……王宮から空港まで誰にも見られずに送ってもらえればいいし、母のもとへ帰るまで誰とも口をきかないと約束するわ」

「そうするにはもう遅すぎる。言ったように、事態はここに来てどんどん込み入ってきている」

そしてティアが訪れて彼の人生はさらに込み入ってきた。非嫡出の赤ん坊が存在する可能性だ。

ティアのみじめな気分が顔に表れていたに違いない。アントニオが彼女の手を取った。「ティア、二人ともこうなるつもりはなかったとわかっている。だが今は僕がきみを支える。きみには僕の保護が必要だ。二人でこの状況を理解する必要がある。王宮の中はそれには最適と言えない。どこか静かな場所で数日過ごせば、物事をじっくり考え話し合える」

「でも、私はここにひと晩たりとも滞在するつもりはなかったし、着替えは言うまでもなく、歯ブラシ一つ持ってないわ」ティアは抗議した。「それに母は私が今夜家に帰ってくると思っている」

「では、ここにしばらく滞在すると電話で話せばいい」そこで間を置く。「僕に三日くれ、ティア」

「三日も？」ティアはたじろいだ。「母に私の助けが必要になったらどうするの？」

「お隣や友人でお母さんの世話を頼める人はいないのか？」アントニオはきいた。「必要なら、看護師を手配してもいい」彼はティアを見た。「すまない。ネイサンはお母さんの病状について詳しく話してくれなかったから。きみたちが幼いころから体調がよくないと聞いたくらいだ。それに僕は個人的なことはきかないようにと言われて育った。だから僕はお母さんの容態がどれだけ悪いか知らないんだ」

「母は慢性疲労症候群なのよ」ティアは言った。「かつては筋痛性脳脊髄炎《ＭＥ》と呼ばれていたけれど」

アントニオが無表情だったので、ティアは続けた。「父を軍の任務中に亡くしたあと、母はウイルスに感染し、それがもとでCFSになったのだと思う。ちょっとインフルエンザみたいで、関節痛や頭痛が続いて、極度の疲労をともなう――でもインフルエンザのように二、三週間で治ることはない。ずっとそんな状態で、だから安静にしていないといけないのよ。

体調が変わりやすく、元気で病気とは思えない日が続くかと思えば、ベッドから起きあがれない日々もある。母はなまけ者でも愚鈍でもない。忙しい一日を終えて、ちょっと疲れているといったふうではなく――極度の疲労状態で、体を動かすこともできないのよ。一日とても調子のいい日があって無理をしようものなら、その後数日そのつけを払うことになる。気をつけないといけないのよ」

「きみがお母さんの面倒を見てきたのか？」

「ええ、でもその時間の一秒たりとも惜しいとは思ってないわ。母を愛している。私の母親だから」成長するにつれ、ティアは友人たちのように自分の人生を過ごせる日がもっとあったらと思ったものだった。宿題をしたり、友人たちと気ままに過ごしたり、男の子と会ったりする時間が持てたらと思った。必死で勉強についていこうとしたり、母の病状が悪化するのを心配したり、どこにも出かけられないから男の子とのつき合いを始められなかったり、そんな人生を過ごす代わりに。でもティアは母親にはそんな気持ちを隠すように最善を尽くしてきた。母のグレースを愛していて、母に自分を重荷のように感じてほしくなかったからだ。

グレースはティアに友人たちと出かけるように勧めていたが、ティアは母を置いていきたくはなかった。それでも、仕事に行くときは別で、通りの角を曲がっただけで、緊急の場合に備えてすぐに引き返せるように注意はおこたらなかったが。

「ティア」彼は優しく言った。「お母さんを支援する最善の方法について話し合う必要がある。きみは小さな赤ん坊を抱え、その子の面倒も見るようになるのだから。きみがすべてできるわけではない」

いいえ、やってみせる。彼女は顎をあげた。「大丈夫。なんとかするわ。いつもそうしてきたから」

つまり彼女はなおも奮闘し、倒れるまで自分を追いつめていくのか。アントニオはティアを守ってやりたいと思う、心からの気持ちに衝撃を受けていた。親友の妹だからではない。ティア・フィリップスには何かがある。勇敢で、強く、自立心に富み、楽な道を探そうとしない——彼女がアントニオに何も期待していないのは明らかだ。彼はティアの勇気を賞賛し、同時にその負担を少しでも楽にしてやりたいと思った。今のティアの話に、かつてネイサンが言葉少なにもらしたことを加えると、彼女がこれまでの人生の大半を母親に割いてきたのだとわかる。

彼女はもう独りで奮闘しなくていい。彼が支援できる。だがプライドが邪魔をして、ティアがどんな支援も拒むのは明らかだ。だからアントニオはまず、彼女の信頼を勝ち取る必要があった。そのためには曖昧にではなく、具体的に事を進めるべきだった。

「山にある別邸に三日間一緒に行こう。この状況に慣れるには時間が必要だ。赤ん坊の話もできる」

ティアは迷っているようだ。「母の体調次第ね」

「連絡するといい。事情を話して考えを聞いてみるんだ。どうするか決めてくれ。僕は席を外す」

「ありがとう」ティアは言った。

アントニオはティアを残して居間で待った。またしても赤ん坊。王宮を襲った三番目のベビーショックだ。最初はガブリエッラの母親が妊娠していたにもかかわらず、元の夫のヴィンチェンツォ国王に何も告げずに逃げ出したこと。次はプリンセス・メリベルの別の男性との関係が、子供を身ごもって終わりを告げたこと。そして、ティアと彼が一夜をともにしたあと、赤ん坊を授かったことだ。

メディアは大騒ぎだろう。それでも彼にはこの嵐を乗り切る手だてがあった。ティアは傷つきやすい。

解決策はただ一つしかない。

だが彼はそれが簡単な解決策だとは思えなかった。慎重のうえにも慎重に進めなくてはならない。

グレース・フィリップスは三度目の呼び出し音で電話に出た。「ママ、元気?」ティアは尋ねた。

「元気よ」グレースは答え、少し早口で続けた。「プリンス・アントニオには会えたの?」

「会えたわ」ティアはため息をついた。「ママ、彼が何日か残ってほしいって言ってるの――三日間なんだけど。相談したいことがあるんですって」

「よかったじゃないの」グレースは言った。

「でも、ママが独りになってしまうわ」

「平気よ。何かあれば、ベッキーが隣にいるから」

「でも、それは今日だけよ。丸々三日間も見ていてくれなんて頼めないわ」

「あなたは頼まなくていいわ。私が頼むから」グレースは言った。「心配する前に言っておくけど、私は無理をしないから。なんとかなるわよ」

ティアはまだ心もとなかった。「でも、明日具合が悪くなったらどうするの?」

「ベッキーが助けてくれるわよ」グレースは言った。「プリンス・アントニオとよく話し合いなさい。赤ちゃんのためにも、あなた自身のためにも」

「ママ、私……」

「住む世界が違うのはわかってる」グレースは優しく言った。「でもネイサンはいつも彼はいい男だと言っていたわ。彼の話に耳を傾けてごらんなさい」

「でも私はここにいられない。きれいな服は持ってないし、歯ブラシもないのよ」ティアは独立心が旺盛で、一人で物事を解決するのに慣れていた。お金に恵まれなくても、いろいろと工夫することを学んできた。なのになぜ涙が急にあふれてくるのだろう。

ティアの感情の乱れが声に出たのかもしれない。

グレースが言った。「着るものくらい王宮で貸してくれるし、今着てるものだってクリーニングを頼めるわよ。お客さんがしょっちゅう来るでしょうから、予備の歯ブラシや洗面用具くらいあるはずよ」

「頼む必要はないし、人には頼らない――」そのときティアは誰と話しているのか思い出した。ティアと同じように人に頼りたくないのに、健康上の理由で頼らざるをえない母なのだ。

「ときには人に頼らなければならないこともあるのよ」グレースはティアの思いを察するように言った。「私のことは心配しないで。本当に大丈夫だから」

「元気かどうか知らせてくれるわよね」

「毎日メールを送るわ」グレースは言った。「電話だってする。でも今は自分のことを一番に考えて」

ティアがこれまで一度もしたことのないことを、今するのが正しいとは思えなかった。

グレースが娘の思いを察したように言い添えた。

「そして赤ちゃんのことを」

それはティアも考えた。それなら考えられる。赤ちゃんのためよ。そして母が心配しないように。

「わかったわ」ティアは言った。「でも約束して。必要なときは私に知らせて。本当に約束よ。でないと、ママが心配で私の具合が悪くなっちゃうから」

「約束よ」母親が言う。「愛してるわ、ティア」

「私もよ、ママ」

ティアは通話を終えるとアントニオを捜しに行った。彼は携帯電話で何か確認している。ティアが入っていくと顔をあげた。「お母さんの具合は？」

「元気よ」ティアはありきたりの答えをした。

「しばらくここにいられるのか？」

「三日間ね」ティアは言った。「話し合いましょう」

でも自分のためでないとはっきりさせておく必要がある。「赤ちゃんのためよ」

「よかった」彼はティアにほほ笑みかけた。ティアはそれがここに来て初めて見る彼の心からの笑みだと気づいて、胸がどきどきした。アントニオ・ヴァレンティは笑うと本当にすばらしい。でも彼がどんなに魅力的か改めて知る必要はない。キスされ、触れられたときどんなに喜びを感じたか思い出す必要もない。二人に未来はないのだから。必要なのは赤ちゃんのことを話し合い、面会権をどうするか決めること——彼がそれを望むなら。

「思ったより滞在が長びくと、カフェの店主に知らせる必要があるわ」ティアは言い添えた。「私がいない間、代わりを手配しないといけないから」

「もちろん連絡するといい。用意ができ次第、山へ行こう。静かな村に家族の別邸がある——安全な隠れ家で、考える時間が欲しいとき行くところだ」

なぜならカーサヴァッレの王族として、アントニオは事実上プライバシーの保てないような環境で暮らしていて、常に世間の目にさらされているからだ。

「途中でどこか店に寄れないかしら」ティアはきいた。「何も持ってきてないの。洗面用具も、着替えも」たとえアントニオの元ガールフレンドやゲストの衣類がワードローブに残されていても、妊娠六カ月の妊婦が着られるものがあるとは思えなかった。

「必要なもののリストと服のサイズを教えてくれないか」彼は言った。「僕がそろえさせる」

「必要なものだけね」ティアは言った。プリンスからものを受け取らねばならないと考えると気づまりだった。それでも彼がリサイクルショップやスーパーマーケットを見てまわるわけにいかないのもわかっている。「服の着替えを一着ね——その山の別邸では洗濯機や乾燥機は使えるんでしょう？」

「ああ。必要なもののリストをくれないか。それからピッコ・インネヴァートに行こう」

〝雪に覆われた頂《スノーイー・ピーク》〟ね。ティアは頭の中で訳した。アントニオはそこに連れていくつもりなのだ。彼は別邸は山の中だと言っていた。季節は十一月下旬で、もう冬だ。その名はおそらくそこにぴったりだろう。

「そうね」ティアは言った。「車で行くの？」

「いや、飛行機だ。プライベートジェットがある」

ティアはまばたきして彼を見た。「もちろん、そうよね」自家用のジェット機だ。二人の間には大きな隔たりがあると改めて思い知らされた。

「ティア、飛行機で行くのが理想的なんだ。そうでなければ暗い中を険しい山道を通っていくことになる。ここから空港までドライブし、山の上まで飛んで、そこからピッコ・インネヴァートへ車で行く。うまくいけばメディアに居場所は知られない。その間にこの状況をなんとかする手だてを考えられる」

〝この状況をなんとかする〟赤ちゃんのことをなんてひどい言い方をするのだろう。わかっている。予期せぬ妊娠をしたのはこの世界で彼女が初めてではないのだから。でも今この瞬間、ティアはこれまでにないほど孤独でみじめな気分だった。体のあらゆる部分が声をあげて、ロンドンに帰ってしまえと訴えている。あそこには家族や友人がいてくれる。ここにいてアントニオと話してなんの意味があるだろう。彼はなんの興味もないとはっきり言っている。これがどんな結末を迎えるかは明らかなのに。ティアと赤ん坊は人知れずロンドンで生きていく。そして深い愛情を注がれて育っていく。その一方で、王宮では、赤ん坊は単に〝この状況〟としか見られない。彼が今すぐロンドンに帰してくれさえしたら。ティアはただここから立ち去りたいだけだった。

「お望みのままに」ティアは〝殿下〟とつけ加えて一礼したい衝動を抑えた。そして心に銘記すべき言葉に集中した。終えるのは早ければ早いほどいい。

2

ティアがアントニオに必要なもののリストを渡し、カフェの店主に休暇の延長を連絡すると、アントニオの運転手が二人を空港まで連れていった。チャリティ・ガラの夜にロンドンで会ったアントニオのセキュリティ責任者の一人、ジャコモが同行した。空港ではティアが利用したときとは勝手が違った。税関でパスポートを見せる列に並ぶことも、保安検査を受ける必要もなかった――たぶんカーサヴァッレの王族と旅をするからだろう。そして飛行機は……。

ローマから乗った飛行機よりは小さかったが、内部はティアが経験したような、座席がびっしり並ぶ客室ではなかった。旅客機の内部というより、オフィスか居間を思わせ、毛脚の長いカーペットに、どっしりとして座り心地のよさそうな座席が四つ並び、足を伸ばしてくつろげる余裕もある。テーブルもあり、仕事ができる広い空間が確保されている。

「いつもこんなふうに飛行機で移動してるの？」かすかに圧倒される思いで、ティアは尋ねた。

「いつもは僕が操縦するんだが」アントニオが言う。「きみの話し相手がいたほうがいいと思ってね」

「飛行機が操縦できるの？」ティアはそんな質問をすぐに後悔した。もちろんアントニオ・ヴァレンティのような男性は操縦できるに決まっている。

アントニオは肩をすくめた。「数年前に習った」

「こんなふうにして、ご家族と旅をするの？」

「少しはね。同じ催しにはあまり行かない。一緒に旅することもない。小さいころ、ルカと僕が乳母や警備チームと一緒に旅をして、両親とは別だった」

以前は思いもしなかったが、今ならティアにもわかる。空路や陸路で惨事に見舞われたとき、統治者と直系の後継者が全員巻き込まれないためだ。国のために、もちろん王族は別々に移動せねばならない。

「ごめんなさい」ティアは小さな声で言った。

「もう慣れた」優しく言う。「僕にはそういうものなんだ。でも普通の家族とは違うとわかっている」

ティアは両親やネイサンと空の旅をした記憶がほとんどない。父を亡くし、母は旅ができるほど元気でなく、海外旅行をするほどのお金もなかった。

「ピッコ・インネヴァートのことを教えて」ティアは話題を変えようとした。

「〝雪に覆われた頂《スノーイー・ピーク》〟という意味だ」

ティアはジョヴァンニとヴィットリアの店で何年か働くうち、イタリア語を話せるようになったと言うべきか迷ったが、まだやめておこうと思った。

「とてもきれいな村だ。冬は近くのスキーリゾートに行くし、夏はハイキングに出かける。僕の家族は村はずれに別邸を持っている。村人は僕が訪れても親切にしてくれるし、隣人のように接してくれる」

「王宮では衆人環視の暮らしでしょうね」

「メディアは僕の行動をつぶさに知りたがる」アントニオは認めた。「だがピッコ・インネヴァートでは自分らしくしていられる。子供のころ何度か夏を過ごし、地元の子供たちと一緒によく遊んだ」

それは子供時代のティアにはごくありふれたことだった。母やネイサンと一緒に公園に行っては、ぶらんこや滑り台で遊んでいた。違ったふうに育てられた子供たちがいるとは思ってもみなかった。

「よかったわね」ティアは言った。

「そうなんだ。王宮だけで育ったより、国民とのつながりが強く保てていると思ってる」

一瞬、彼の顔が悲しげに曇ったが、ティアは詮索すまいと思った。詮索すれば彼女もまたきかれるかもしれないからだ——答えたくないようなことまで。

「何か飲み物は？　フライトに二十分ほどかかる」

ティアはお茶が欲しかったが、フライトの時間が短いので待つことにした。「大丈夫、ありがとう」

飛行機が着陸すると、別の車が待機していた。今度はアントニオが自分で運転し、ティアはその隣の助手席に、ジャコモは後部座席に乗り込んだ。

空港から広い平坦《へいたん》な道路に車を走らせていくと、ほどなく山あいを縫って進む狭い山道にさしかかった。マツの木々に雪が薄くかかり、信じられないほど美しい景色が広がっている。でも道はヘアピンカーブが多くなり、切り立った崖が車の片側に迫ってくる。運転からアントニオの気がそれないように、ティアは黙って景色を楽しもうとしたが、まったく違った世界に足を踏み入れた気がして、魔法の世界に入り込んだようだった。小さいころ母が読んでくれたお話の世界だ――女の子がいて、そばにはハンサムなプリンスがいて、二人はずっと幸せに暮らす。

ティアはずっと続く幸せなんてありえないとわかっている。アントニオの世界はティアの世界とはかけ離れていて、ティアには決してなじめない。それにティアは妊娠六カ月で――おとぎ話ではありえない。もちろん、二人に未来はない。

それでも、ここで、山と雪とモミの木々に囲まれたこの世界で、ティアにはほんのわずかな希望がきざしていた。ひょっとしたら二人にはうまくいく手だてがあるかもしれない。赤ん坊の人生を彼と分かち合えて、ティアの人生も彼の一部になるかもしれない。ありえないファンタジーで、結局は現実に引き戻され、音をたてて粉々に砕け散るかもしれない。でも、アントニオとは間違いなくつながりを感じた――一緒に過ごしたあの夜に。セックス以上の何かを、体の魅力以上の何かを感じた。アントニオがティアにキスしたとき、ベッドに運んだとき、彼の触れ方は特別で、今でも心に残る何かがあった……。

ティアは身を震わせ、まわりの景色に意識を戻した。村は信じられない美しさだった。家は蜂蜜色の石造りで、赤褐色のテラコッタの屋根が通りに沿って並び、尖塔《せんとう》のある教会も見える。村の中心には噴水のある美しい広場があり、梯子《はしご》に登ってクリスマスのイルミネーションをつるす人々がいて、ティアには広場全体がすばらしいクリスマスツリーになるところが推測できた。絵はがきのような村だ――ティアはロンドンの薄汚れた地区の狭苦しい部屋に閉じ込められるより、田舎の広い場所に憧れていた。

アントニオは村はずれに見えてきた門の前で車を止め、暗証番号を打ち込んだ。門が開くと車を進め、蜂蜜色の石造りの邸宅の前で止まった。「僕の隠れ家へようこそ」彼は言った。「家を案内しよう」

〝隠れ家〟とは、ティアにとってもっと狭い場所を意味した。この家は大きすぎる。ティアと母が暮らす寝室が二間のアパートメントと比べれば、特に。

ティアは気後れしながら彼のあとについて家への階段をのぼった。一階には巨大なキッチンがあり、ティアと母のアパートメントと同じくらいの広さがある。カウンターの天板は磨きあげられた花崗岩《かこうがん》で、食器棚や引き出しは天然の無垢材《むくざい》で、雑誌で見たことのある静かにゆっくり閉まるソフトクローズ仕様になっている。床はテラコッタのタイル張りだ。

アントニオは大きなアメリカンスタイルの冷蔵庫をのぞき込んでほほ笑んだ。「すばらしい。ジーナが買いそろえておいてくれた」

「ジーナ？」

「家政婦なんだ」彼は言った。「ここではなく村に住んでいて、買い物を頼んでおいた」

アントニオの家族が家の管理を任せるのは当然だ。ずっとここに住んでいるわけではないのだから。それでもスタッフを雇うという考えをティアが理解するのは難しかった。彼女の世界では誰もがスタッフで、カフェで働く前、ティアは清掃員をしていた。

「今夜は僕が料理をしよう」アントニオは言った。

彼は明らかにティアに居心地よく過ごさせ、プリンスではなく普通の男のように振る舞おうとしている。でも、そんな必要はない。ティアの赤ん坊の父親というだけでいい。彼は一緒にここに来て話をしようと言った。なのに彼の気持ちがわからなくなっていた。彼女自身の気持ちも。すべてが混乱していた。手の届かない人に恋してもしかたがないのかもしれない。たとえその人がおなかの子供の父親であっても。でも自分が置かれた境遇をどんなに無視しようとしても……彼と同じ部屋にいると、心臓が激しく打つ。過去にデートしたときの感覚とはまるで違う。息が止まるような、まるで花火が次々あがって空を照らす瞬間をまのあたりにしているようだ。ティアはどうしたらいいかわからなかった。

彼も同じ気持ちでいるなどということがありうるだろうか。切望や希望や疑念が渦巻いていたりするだろうか。それとも、これは彼女の単なる勘違いで、いずれ失望するようになるのだろうか。

ティアは無理に笑みを浮かべた。「ありがとう。それなら私は食後の食器洗いをするわ」

「食器洗いは一緒にしよう」

プリンスが食器を洗う？　すると再び、彼は軍隊では掃除も含めてチームのみんなと同じ仕事をしていたとティアに言った。そして、ここは彼の隠れ家だからと告げた。プリンスでいることは彼が選びたい生き方ではないのかもしれない。

彼は一階の残りの部分を案内してまわった。オフィスがあり、ダイニングルームには十二人がけのテーブルがあり、広い居間が二つあり、どちらにもゆったりしたスペースに座り心地のよさそうなソファや肘掛け椅子がいくつか並んでいる。一つには最新式のテレビがあり、もう一つにはピアノが置かれ、壁いっぱいに本が並んでいた。最後に大きなサンルームがあり、広くて手入れの行き届いた庭が見渡せ、背後には山々がそびえている。

「ここにいると幸せな気分になる。夕方には太陽が山々に沈むのが見えるし、日の出には、山々が雪で覆われていると、あたりがピンク色に染まる」

「すてきね」ティアは言ったが、こんな贅沢《ぜいたく》な空間は自分には場違いだと、声に気持ちが表れていた。

「ティア」アントニオは優しく声をかけた。「たまたまこうなったんだ。普通の隠れ家にしてはちょっと大きすぎると僕もわかってる。だが思い出してほしい。ここは僕の家じゃない。家族の家なんだ。それに僕たちの警備チームにも寝室やバスルームが必要だ。ときにはゲストだって滞在する」

「そうね」ティアは言った。

二階には、大きな寝室が八つあり、すべてにバスルームがついていた。「きみはこの部屋が気に入るんじゃないかと思って。山々の景色が一望できる」

彼はそう言うと、寝室の一つに案内した。そこはおとぎ話に出てくるようなスイートルームだった。ベッドはキングサイズの真鍮《しんちゅう》の枠組みで、ふっくらした枕に、厚手の羽毛の上掛けで、かわいい花柄のリネンがのぞいている。化粧台には見事な彫刻が施され、飾り鏡がついている。部屋の一方には扉があり、造りつけのワードローブに通じているのだろう。窓際には座り心地のよさそうな肘掛け椅子があって、そばの小さなコーヒーテーブルにはピンクと白の美しい薔薇《ばら》の花瓶と女性向けの高級誌が置かれている——最新の英語版で、ティアのためだろうか。

バスルームもまた広かった。床と壁は大理石で、バスタブは深く、シャワー室には巨大なシャワーヘッドがついていて、壁からお湯がジェット噴流のように降り注ぐのだろう。洗面台の上には金縁の鏡、棚には洗面用具や新しい歯ブラシが包装されたままそろっている。ブランド品で、クリスマスが過ぎたあとのセールの値引きでさえ、特別プレゼントとしては買えないようなものばかりだった。贅沢の極みで、ティアの普段の生活とはかけ離れていた。

「これで大丈夫かな」彼が棚を示しながら言った。

「その……ありがとう」あとで彼に洗面用具の代金をきいて立て替えよう。ティアの財布に大きな穴が開くかもしれないが、やりくりはいつも得意だった。

「ジーナがきみに着替えを何着か買ってきた」彼が言う。「ワードローブと化粧台にしまったそうだ。別の部屋がお望みなら、僕が全部移動させる」

私のためにもう服を用意させたの？　ティアは驚いて彼を見つめた。「でも、必要なもののリストを渡したのは、ほんの一時間前よ！」

彼は肩をすくめた。「ピッコ・インネヴァートは小さな村かもしれないが、いくつか店がある。言ったように、冬はスキーリゾートとして利用され、夏にはハイキングを楽しむ人たちがやってくる」

観光地ならデザイナーズ・ブティックで高価な服が売られているかもしれない。薄利多売のチェーン店やスーパーマーケットではなく。ティアは思った。

ティアの考えを察したように、彼は優しく言った。

「きみは僕の責任で、ゲストとしてここに来た。だから僕は服の着替えを数着提供するのであって、僕の家族もここに滞在するゲストに同じようにしている。洗面用具も同様だ。ティア、もしきみが代金を払うと言ったら、僕は怒るからな」

ティアは反論し、自分の服くらい自分で買える、どうもありがとうと言ってやりたかったが、赤ちゃんのことを考えねばならず――あと数カ月で産休に入る事実からすれば、収入はさらに減る。つまりこはプライドをのみ込んで、彼の親切を受け入れねばならない。「ありがとう」ティアは言い、身勝手な自分がみじめでならなかった。これまでの人生で、ティアは誰にも頼ったことがなかったし、今もそうはしたくはなかった。でも自分の母親と赤ん坊のためにそうせざるをえない。彼の望みが何かもっとよく理解できていれば助けになるのに。ティアはどうしたらいいかわからなかった。

「まずは、くつろぐといい」彼は言った。「お湯に浸《つ》かったり、シャワーを浴びたりして、さっぱりするんだ。昼寝をしたいならそれもいい。僕たちは今、王宮にはいない。お母さんに無事に着いたと伝えてもいい。きみが落ち着いたら、僕は階下《した》にいる」

「ありがとう」彼はティアを部屋に残し、衣類を自由に見させてくれた。どれもがすばらしかった――長袖のシルクのマタニティ用のトップスが二着に、そろいのペアのマタニティ用のパンツ。柔らかなカシミアのカーディガン、おしゃれな黒のスカート、きれいな花柄のチュニック・ドレス。下着やマタニティ用のタイツもあった。パジャマは三組で、柔らかなジャージー素材のズボンに、レースで縁取られたおそろいのキャミソールのトップスだ。

ティアは目に涙があふれてきた。とてもきれいだ。見ず知らずの者をこんなにまで気遣ってくれるなんて、本当に思いやり深い家政婦だった。

アントニオは自分でコーヒーを淹《い》れたが、隠れ家でいつも味わう、くつろいだ気分にはなれなかった。ティア・フィリップスをどうしたらいいだろう。

罪悪感に陰る目で、彼はティアを見ていた。彼女は親友の妹。兄の死後、支えるべき女性なのに、その期待を裏切った。彼女に慰められながら、妊娠させ――知らずにいたとはいえ――見捨ててしまった。

もし彼自身の気持ちに正直になっていれば、自分がもっと違った存在に思えていたかもしれない――カーサヴァッレのプリンスでも、多国籍連合軍のチームの指揮官でもない、もっと違った存在に。ティアは彼の華やかな表向きの顔の背後に、その男の存在を見抜いていたのかもしれない。ともに過ごしたあの夜、ティアが彼を慰め、彼がティアを慰めたときのように。彼にはなぜかわからなかったが、ティアは彼の防御をすべて打ち破っていた。それでも彼はそのことにあまり深く立ち入ろうとはせず、なぜティアだけがそんなふうに感じさせるのか詳しく知ろうともしなかった。感情的なことは彼を落ち着かなくする。なぜなら彼はそれに向き合うすべを学んでこなかったからだ――今はそれに向き合いたいとも思わない。果たすべき義務について考えるほうが、感情について考えるよりはるかに簡単だった。

アントニオは、ただ体が惹《ひ》かれているだけだと自分に言い聞かせて、ともかく前に進もうとした。

今はカーサヴァッレのために果たすべき義務が第一だった。王族として赤ん坊をどうするか考えねばならない。それが王国にとっても大きな意味を持つ。そうして、しかるべき手を打たねばならない。

マイルズなら慎重に事にあたってくれる。アントニオにはわかっていた。だから彼は少し考える時間をとってから、すでにメールで送った〝処理すべき個人的な要件〟について家族に話すつもりだった。赤ん坊のニュースに家族がどう反応するか、彼にはまったく見当がつかない。母は激怒するだろう。兄は――ルカはティアがアントニオに連絡を取ろうとしたことは知っているが、理由までは知らない。きっとショックを受けるだろう。ガブリエッラは……彼女自身が〝予期せぬ〟赤ん坊だったから、違った見方をするかもしれない。

それでもみんなが彼に失望するのはわかっていた。彼のしたことは不名誉きわまりないことだった。たとえ、まったく故意ではなかったとしても。だからこの状況を解決する必要があった。今すぐ。

アントニオには身を固めて子供を持つ気は少しも

なかった。兄弟は成長するにつれ、当然のようにルカが――長男として――父の後を継ぐものと決まっていて、ルカはしかるべき相手と結婚し、次の王位継承者を儲《もう》けるものとされていた。プリンセス・メリベルとの挙式が何年も前から決められていたので、アントニオは軍隊に入り、世界中を旅し、危険な任務に就く自由を得ていた。彼は軍務の一分一秒を愛し、自由を謳歌《おうか》していた。彼はルカがカーサヴァッレの王に――あるいはガブリエッラが新しい女王に即位したら、軍隊に戻るつもりだった。いずれにしても、カーサヴァッレの滞在は一時的なものだった。

今は……事情が違う。彼は父親になる。軍に戻って危険に身をさらすのは選択肢としてありえない。彼には責任がある。経済的にも、感情的にも。

感情にいかに向き合うか。それが問題だった。

成長するにつれ、アントニオが覚えているのは両親がとても堅苦しく、父がよそよそしかったことだけだった。父に抱きしめられたり、愛していると言われたり、自慢の息子と言われたりしたことも覚えていない。軍務に励み、コネではなく実力で昇進を勝ち取ったのに、ヴィンチェンツォ国王は決してそのことを認めず、息子がどれほど懸命に働いたかも、口にすることはなかった。マリア王妃はもっと思いやりがあったが、父王同様、自分の感情より王族の義務を優先するよう、いつも彼を叱咤《しった》激励していた。

さらに、アントニオはたくさんの女性たちとつき合ってきたが、誰とも本当のつながりを感じたことはなかった。女性たちとのつき合いを楽しんではいたが、関係は短期間だと最初から明言していた。

だがティアは別だ。頭の中で小さな声がする。

正直に言えば、ティアだけがこれまで本当に心を通わせた唯一の女性だった。彼女の兄を失った悲しみをわかち合い、強く抱きしめ合ったロンドンのあの夜。ティアは彼の防御の壁をすべて打ち破った。

あの夜、二人は赤ん坊を授かった……。

赤ん坊だ。アントニオはティアからもらった超音波写真を財布から取り出した。赤ん坊はあお向けに横たわり、両膝を立て、片腕をあげている。アントニオには小さな手の指まで見えた。二人の赤ん坊だ。

震える息を吸い込んだ。奇跡だと同時に、恐ろしくもある。ティアは一人でこの事態に対処していた。

考えれば考えるほど、ティアのために正しいことをしなければと思った。ティアと結婚し、二人の子供を嫡出子とし、彼女を支援する。秘書官のオフィスで、子供のことをアントニオに知らせるために待っているとき、ティアはとても不安げな顔をしていた。そのことを考えると、彼はまたしても罪悪感で心が締めつけられた。ティアは本当にアントニオが三度目も彼女を見捨てると思ったのだろうか。

だがよく考えてみると、何かするつもりだとティアに伝えもしなかった。ネイサンの訃報を知らせたあと、ティアと母親をそのままにし、チャリティ・ガラのあとも連絡しようとしなかった。ティアにとって、彼は本当にひどいことしかしてこなかった。

だからティアが階下におりてきたら、彼女を安心させるつもりだった。結婚しようと告げて。

その一方で、彼はティアが独立心の強い女性だと知っている。ネイサンによれば、ティアは独りきりで母親の介護をしている。自分自身の夢は脇に置いて。夢は世界を旅してまわり、小学校の教師になることだと、ネイサンは言っていた。

だとすれば、赤ん坊にとって正しいことだとしても、ティアは彼との結婚に同意するだろうか。

それでも、アントニオはこれが正しいことだとわかっている。二人が結婚すれば赤ん坊の父親として義務を果たせるし、ティアと母親を助けることもできる。グレース・フィリップスをカーサヴァッレに連れてくれば、気候も健康にいいだろうし、ロンドンにいるよりはるかに多くの介護を受けられる。ティアは公務でアントニオをサポートする必要が出てくるので、小学校の教師をする時間はないかもしれないが、少なくとも彼と世界を旅することはできる。さらにルカが――あるいはガブリエッラか、どちらが即位しても――アントニオを教育の分野で特別な責任ある立場に就かせれば、ティアは彼とともに働いて自分の夢がかなえられる。

アントニオは、ティアが一階におりてくるまでに、頭の中であらゆることを思い描いていた。

「大丈夫か、何か必要なものは？」彼はきいた。

「ありがとう。何もかもすばらしいわ。大丈夫よ」

彼はティアの言葉と表情に微妙なずれがあるのを見て取った。ほほ笑んではいるが、目まで笑っていない。何がいけないのか見当もつかないが、明らかに元気がなかった。「紅茶は？」彼は尋ねた。

「いいえ、ありがとう」赤ん坊への彼の反応をまだ心配しているのか。彼女を安心させる必要があるかもしれない。それは今すぐにでもできる。

「サンルームに行こう」彼は言った。

ジャコモは気をきかせて自分の部屋にさがり、アントニオとティアに話ができる場所を提供していた。ティアはプリンスにサンルームまで案内されていくと、座り心地のよさそうなソファに座った。

「ずっと考えていたんだが」彼は言った。「今の状況にとても簡単な解決策がある。結婚しよう」

結婚？　ティアは信じられない思いで彼を見た。

もちろんプリンス・アントニオはティアとの結婚など望んでいない。愛してはいないし、明らかに義務と名誉以外、何も感じていない。ティアを抱きしめもしなければ、会いたかったと言ってもくれなかった――実際、飛行機のタラップを上るとき肘を支えてくれた以外、ほとんど触れさえしなかった。肘を支えるのは王族なら礼儀をわきまえて同伴する女性にすることだ。偶然手が触れ合ったときティアは肌が熱くなったけれど、彼もそうだったはずがない。

ヴァレンティ家のプリンス・アントニオは感情のない機械だった。アントニオは人々の気持ちを和ませる――なぜなら王族はそう教育を受けているからだ。彼が関心を寄せるのはすべて義務にまつわることだった。一緒に過ごしたくてティアを隠れ家に連れてきたのではなく、彼女をマスコミから遠ざけ、家族のプライバシーを守る必要があったからだ。

彼の結婚の提案はまったくばかげている。ティアは昔ながらの〝正しいこと〟を彼に要求するためにここに来たのではない。唯一意図したのは赤ん坊の存在を彼に知らせ、去っていくことだ。ティアは妊娠六カ月まで彼なしで大過なく過ごし、出産と子供の人生もまた同じように育んでいく。

ティアは結婚してはいないけれど深く愛し合うカップルの間に生まれ、溺愛されて育った。もちろん結婚がただの紙切れ一枚にすぎないと考えるのは父の間違いだとわかっている。でもティアは父がなぜそうしたか理解している。誰かと一緒にいるべきなのはその人を愛しているからで、一緒にいることで世界がさらにすばらしい場所だと感じられるからだ。

ティアは自分を必要とせず、赤ん坊を重荷や義務としか考えない男と結婚するつもりはなかった。それはティアの両親とはまったく正反対で、彼女が望むものではなかった。ぜんぜん違う。そう、彼の結婚の提案は名誉なことで、ティアも感謝している。でもこの結婚は二人にとってまったく間違っている。

「いやよ」彼女は言った。

アントニオはひどく驚いた様子だった。

そんなに驚くことだろうか。彼は大人になるまで、相手から拒絶の言葉を告げられたことがないのではないかと、ティアは思った。アントニオのまわりの人々は皆、〝かしこまりました、殿下〟と深々と一礼し、小さな威厳あるプリンスの要求どおりにしてきたのだろう。「いや？」彼は尋ねた。明らかにティアが今のは間違いだと告げ、もちろん彼と結婚すると言うものと期待している。

「いやよ」ティアはもう一度答えた。

「どうして？」

〝あなたが真の感情を持たないロボットのような人だからよ〟そう言ってしまうと身もふたもないので、ティアは幾分かの真実をこめてこう言った。

「なぜなら、あなたは私を愛していないからよ。赤ん坊のために結婚を申し込んでいる。名誉のために結婚すると考えているからよ」彼は言っていなかっただろうか。プリンセス・メリベルが恋人の子供を身ごもったにもかかわらず、その責任を問わないという名誉の話を。「それは私の望みではない。だから結婚するつもりはないわ」

「ティア、この子は王位継承権の第四位になる」

「あなたと結婚しなければそうはならないわ」

「赤ん坊は間違いなく男の子か？」

「わからない。超音波の画像を見ても必ず教えてくれるわけではないし、私も尋ねないことにしたの。でも、赤ちゃんを〝それ〟とは呼びたくない。この子は人間で、ものではないから」

「そのとおり」アントニオはティアを見た。「だが、なぜ僕の子供に王位継承権がないと言えるんだ？」

「王位継承者は嫡出子でないとだめでしょう？　ならばこの問題の解決策は明らかじゃないかしら。あなたが私と結婚しなければ、この子は嫡出子ではなくなるから、あなたの王位継承者にはならない――私たちのどちらにも法的な義務はなくなるわ」

「名誉の問題なんだ」彼は頑固に言い張った。

ティアの思ったとおりだ。要するに名誉の問題なのだ。愛ではなく。「私の両親は互いに深く愛し合っていたわ」静かに言う。「だからそれ以下では妥協しない。答えはノーよ。あなたとは結婚しない」

彼は眉をひそめた。「ティア、これまで二度もきみを失望させたとわかっている。そのことは深く謝る。だが三度目は間違いを犯すつもりはない」

そんなことはできない――彼にそんな機会を与えるつもりはないから。ティアは両手を広げた。「私はあなたに何も要求しない。もう説明したように、赤ちゃんのことを話したのはただ礼儀を尽くしただけで、あなたも知っておくべきだと思ったからよ。何も期待してないし、結婚という選択肢はないわ」

彼が指で髪をかきあげると、かすかに乱れて人間らしさが増し、触れてみたくなる。王宮でティアを出迎えた、冷たく、無表情なプリンスではなく、アントニオという男そのものだ。だめ、触れてはだめ。

彼に触れてしまったことがティアをこの状況に追い込んだのだから。アントニオを抱きしめたのは彼が気の毒で、抱擁が二人の慰めになると思ったからだ。まさか抱擁がキスに変わり、彼にベッドに運ばれて、人生で最もすばらしい夜になるなんて……。

アントニオ・ヴァレンティはティアがベッドをともにした唯一の男性ではなかったが、心まで結ばれたと感じられる唯一の男性だった。ほかの誰とも違って、ティアにとって特別な、本当に大切な存在だと感じられた。社会的な立場の違いなど度外視して、二人きりで過ごしたあの夜、プリンスはティアをあるがままに受け入れてくれた気がした。ティアはこれまで誰ともありえなかった深いレベルで彼に応えた。その事実がティアを恐れさせ、同時に興奮で心を震わせる。ティアは常に感情を抑えている男性に気持ちを左右されたくなかった。愛し返してはくれない相手と恋に落ちたくなかった。

それでも、あの夜、二人の間に子供ができた。

今、ティアはその結果に向き合っている。

これからどうすればいいだろう。

　アントニオはすばらしい。おとぎ話のプリンスのようで、実際、本物のプリンスだった。彼を見ると奇妙な感覚に見舞われる――おなかで赤ちゃんが蹴っているのではなく、心臓がもんどり打つような、解剖学的にはありえない奇妙な感覚だった。

　それでも、アントニオが本当に彼女のものになるようなことがあるだろうか。彼は王国に責任を負っていて、もし誰かと身を落ち着けるにしても、それは王家のためだろう。彼の妻はプリンセスでないにしても、公爵の娘くらいでなければならない。

　つまり、アントニオとティアの間に未来はないということだ。彼は王室に確認せずにティアに結婚を申し込むべきではない。アントニオに惹かれるままに行動すれば、いずれは物笑いの種になり、お互いのためにならない。ティアはあくまで冷静沈着であらねばならない。どこまでも分別をなくしてはいけない。彼はティアを愛していない。そしてティア自身の彼に対する気持ちはひどく混乱していて、自分でもどうしたらいいかわからなくなっていた。

「あなたとは結婚しない」ティアは繰り返した。

　アントニオにはまったくの予想外だった。

　ティアがプロポーズを断ったのは、愛のために結婚したかったからか？　だがそれは王族ではありえない。ヴィンチェンツォ国王はソフィア・ロスとの最初の結婚で苦い経験をした。彼は愛のために結婚し、それがどんな結果をもたらすか見て取った。ソフィアは王室のライフスタイルになじめず、ヴィンチェンツォ王のもとを去り、カナダに帰国した。妊娠しているとは告げず、ガブリエッラは自身の出自にはまったく気づかないまま育った。

　アントニオは思った。ティアは少なくともソフィアのようにはせず、赤ん坊の存在を隠さなかった。

さらに考えると、彼の両親の結婚は王室が決めた見合い結婚だったが、うまくいっていた。父は表だって愛情は示さなかったが、母を愛するようになっていた。だが彼の兄とプリンセス・メリベルの見合い結婚はうまくいかなかった。メリベルは分別を働かせて二つの王室を結びつけるのではなく、向こう見ずにも真実の愛を求めてしまった。見合い結婚は妥協の産物かもしれないが、王族である以上つきものだ。自分の欲求より、国にとって必要なものを優先せねばならない。その後、ルカとイモージェンは恋に落ち、婚約した。兄はただ運がよかっただけかもしれない。アントニオは思った。なぜなら全体として見れば、彼の一族の経験が彼に教えていたからだ。愛に基づく関係は結局は混乱のうちに終わりを迎える、と。

なぜティアは愛は信頼するに足りないとわからなかったのだろう。名誉と義務こそがよりよい解決策になるとわからないのか。

アントニオはめまいがした。今は何をどう考えていいかわからない。心はティアを追いつめてしまった罪悪感でいっぱいで、一族を襲った変化をまだ理解しようとしていた。親友がいてくれればと思い、父にも生きていてほしかった。同時に物事が今と違っていればいいのに、父のヴィンチェンツォを兄のルカと同じように誇りに思えればいいのにと願った。

さらに今は赤ん坊のことを考えねばならない。彼はまだ自分が父親になるという事実を受け入れられないでいた。義務としてティアと結婚し、赤ん坊に自分の名前をつけるのが正しいことだとわかっている。だが親になる大変さは子供を儲けるどころではない。はたして彼にできるだろうか。彼の両親が与えてくれた以上のものを子供に与えられるだろうか

――親友が両親について話すとき、発散していた温かな雰囲気を子供に与えられるだろうか。ティアの

言うとおり、彼女がシングルマザーとして独りで育てたほうが、彼が感情のやり場に困り、へまばかりして混乱を深めるよりはいいだろうか。

彼はティアにかける言葉が見つからなかった。すると彼の沈黙に明らかに悪印象を受けたのか、ティアは言い添えた。「この件はこれで終わりね」

まさか、そうじゃない。この件についてはきちんと話し合い、取り組んでいく必要がある。二人で。

ティアは彼の子供を宿している。彼はティアと赤ん坊に二人に必要な安心を与えられる。彼の親友は装甲車を地雷で吹き飛ばされ、自分の夢を追うことができなくなった。だがアントニオはティアには夢を追いかけるチャンスを与えられるかもしれない。

彼はティアを説得し、彼ならチャンスが与えられると話さねばならない。「ティア――」

「議論はもういいわ」ティアは言った。「私たちは結婚しないのだから」

ネイサンは妹の独立心の強さが誇らしげだったが、アントニオは彼女の頑固さに少しいらだってきた。ここは歩み寄ってほしかった。道理をわきまえて。

だがティアには求婚できても、結婚するのが正しいと納得させることはできないと彼は悟った。ティアを説得する必要がある。男の魅力で攻勢をかければいい。あくまで感情は抜きだ。いつもそうしているように。軍事作戦になぞらえ、任務と同じく冷静に遂行する必要がある。〝ティアの説得作戦〟だ。

だから今は戦術的撤退をする。「いいとも」

ティアは少しショックだったらしく、予想外の即答に面食らっている。何を望んでいたんだ？ 彼女の愛情を勝ち取ろうと奮闘してほしかったのか。

恋愛や愛情はアントニオが求めているものではない。求めているとは言いきれない。そんな感情がどんな混乱を引き起こすか見てきたからだ。だが一方で、彼は自分の人生に抜け落ちているものがあるとわかっていた。ひょっとしたら大切なものかもしれないと思っていた。男女の関係はすべて約束も将来もない短期のものばかりで、正直に言えば、ずっと前から楽しいものではなくなっていた。それでも、これ以上の何かがあると思わせるような相手に出会ったことはなかった。ティアにめぐり会うまでは。

「だが」彼は言った。「まだ話すべきことがある」

「何について？」

「王宮で話せなかったことすべてについてだ。今はこうしてきちんと話す場所と時間がある。まず、紅茶を淹れよう」アントニオはそこで間を持たせた。万能のイギリス流解決法だ。顔をしかめて思った。

少なくとも、ティアはそれには反論しなかった。

彼はティアをサンルームに残し、すぐにキッチンに行くと、二つのマグカップに紅茶を淹れた。

「ありがとう」アントニオが戻ってきてマグカップを渡すと、彼女は言った。

「それで、いつ妊娠に気づいたんだ？」彼はきいた。

「あのあと二、三カ月経《た》ってからかしら——」

そう、互いに慰め合い、愛し合ったあとだ。彼もそう口に出して言いたくなかった。あれ以来、封印してきた感情を詮索したくなかったからだ。

「忙しくて時間が経つのを忘れてしまい、生理が遅れているのに気がつかなくて」ティアは紅茶をすすり、視線をそらした。「ようやく遅れていると気づいて、妊娠検査をしたわ」そこで間を置く。「あのとき、あなたに話すべきだったかもしれない」

なぜそうしなかったんだ。ティアは明らかに彼の問いかけを予期していたのか——あるいは彼の表情にそう表れていたのか——こう続けた。

「妊娠を受け入れてどうしたらいいか考えるのに、少し時間がかかったからよ。特にあのときは——」

「あのときはなんだ？」

「あなたはたくさんの女性たちと写真に撮られてい

たから。有名人の記事はいつもあなたのデートの話題ばかりで、プレイボーイだと伝えていた」

それがティアが赤ん坊の父親に求めることだろうか。アントニオにもわかった。だが、それは本当の彼ではない。彼はしかめっ面をした。「僕はデートの相手全員とベッドに入るわけじゃない。それに多くの催しに顔を見せる必要があり、女性を同伴するよう期待される。メディアは特に何もないのに、話を作り出す。僕はプレイボーイではない」

彼はあのときまでティアとのつき合いはなかったが、いつものようなデートをしていたら、ティアに率直に振る舞うことはなかっただろう。それにティアとデートをしたことがなく、実際、彼女を裏切ってはいなくても、ティアが彼の子供を宿しているのに、ほかの女性たちと出かけていた――それは裏切りのようなものだ。たとえそのとき、赤ん坊のことを知らなくても。彼は本当に罪悪感を覚えていた。


自分の考えの向かう先が気まずくて、彼は話題を赤ん坊に戻した。「きみは産みたいんだな?」

「何があっても……。赤ちゃんに罪はないわ」

「そうだな」あの夜がこんな結果をもたらすとは、アントニオは思ってもみなかった。最近は家族が置かれた今の状況以外、何も考えられず、父の死後にもたらされた新たな秩序に慣れようとしているところだった。王族として個人的な感情は表に出さず、国民と国を支えようとしていた。アントニオは忙しくしていたが、心の内には、父を亡くし、親友を失った喪失感と、うつろな気持ちを抱えていた。

彼が心の内を打ち明けようとしたのは唯一、ティアだけだった。チャリティ・ガラの夜、二人は身を寄せ合い、互いに慰めを求めた。そのティアがここにいて、再びそばにいる。アントニオは落ち着かず、彼の一部はあの親密さを取り戻したがっていたが、同時に、親密さがこの状況を厄介にもしていた。

それで、どうするつもりだ？

「すまない」彼は言った。

「しかたがないわ」ティアは肩をすくめた。「母と私でなんとかしているわ。店主夫妻はすばらしい人たちでちょっと騒ぎすぎるくらい。忙しいときでも、そのあいまに必ず私を座らせて休ませてくれるの」

そこで彼はティアの仕事が何なのか思い出した。カフェのウエイトレスだ。つまり始終立ちっぱなしで注文を取ったり、飲み物や軽食を運んだり、テーブルをきれいにしたりして、飛びまわっているわけだ――なぜならアントニオがかつて彼女の兄から聞いたように、ティア・フィリップスはなまけて他人に仕事の肩代わりを期待するような女性ではないからだ。「きみと赤ん坊は大丈夫なのか、一日中立ちっぱなしなんだろう？」彼はきいた。

アントニオはすぐに、まずいことをきいてしまったとわかった。頑固で独立心旺盛なティアが顎をぐっとあげ、トラブルの始まりを告げていた。

「女性は何百年も前から、立ちっぱなしで、妊娠していようが働き続けてきたのよ、アントニオ」

「ああ、もちろんだとも。謝るよ」

彼は女性に動揺させられるのに慣れていなかった。

ティア・フィリップスのどこがこうも違うのだろう。そして、いつものように、彼はどうすればすべてをコントロールできるようになるのだろう。

「私はちゃんと食べてるし、ちゃんと休んでるわ、きかれるまでもなく」ティアは言った。

だが彼は、ティアが〝休んでる〟とは少しも信じていなかった。まだ母親の介護をしていて、家事や食事の支度など大半を彼女がしていることを知っている。それに加えて、自分の仕事もこなしている。

「それに、妊娠に気づいてすぐ、葉酸を摂《と》り始めたし。少し遅い気もするけど、何もしないよりましだと思って。母は、妊婦は毎朝ビタミン剤をのむといいと言ってるわ」ティアは言った。

「よかった」彼は言ったが、ほかに言葉もなかった。

彼は社交の場を取り仕切り、軍隊ではチームを率いて、メリベルの王国とも外交関係を維持している。さらにガブリエッラが王宮になじめるように尽力もした。軍隊生活の経験から、王宮での生活が、そこで暮らしたことのない者にとって、どんなに途方もないものか、彼は知っていたからだ。

ところがティアには、今のところ、完全に振りまわされている。反応が予想外のことばかりで、それに正直に言うと、ティアは彼をこれまで感じたことのない気持ちにさせる。切望にも似た、はっきりとはよくわからない何かが混じっている。緊張でもなく、軍務で慣れ親しんだ興奮でもない。もっと深いところで、自分の感情とからみ合い、区別がつけられず、彼を落ち着かない気分にさせる。

「病院で定期的に検診は受けているのか？」彼は尋ね、目下の話題に意識を戻した。自分で向き合える、慣れない感情がからんでこない話題に。

「定期の超音波検査だけで、二十週目の検査で――赤ちゃんの写真を見せてもらったわ。あとは地域の助産師の問診で、いつも一人で行ってるわ」

ティアの口調がかすかにとがった。「きみが赤ん坊を危険にさらしていると非難してるわけじゃない」彼は穏やかに言った。「きみが心配なんだ」

ティアの顔が赤らんだ。「ごめんなさい。声を荒らげて」顔をしかめる。「ホルモンのせいかしら」

彼女にとってもこの状況は楽ではなさそうだ。アントニオはうなずいた。「わかるよ。それで僕にこのニュースを伝えたあと、帰国して出産し、きみが働いてる間、誰が赤ん坊の面倒を見るんだ？」

「出産を控えた友人がもう一人いて、彼女もウエイトレスをしているの」ティアは説明した。「二人で話し合って、一方が働いている間、もう一方が赤ちゃんの面倒を二人分見られないかと考えているの。そうすれば二人とも託児所にお金を払わなくていいし、赤ちゃんとも一緒に過ごせるわ。実現するかどうかはわからないけれど」

アントニオはティアのプライドに邪魔させるつもりはなかった。そうするための最善の方法は、結婚するよう彼女を説得することだった。

もしティアが愛ある結婚にこだわるなら……。そのときはどうにかしてティアを彼に夢中にさせ、彼もティアに夢中だと思わせねばならない。そうすれば、ティアは最終的に彼に助けてもらうようになる。

「きみがあらゆることを考え抜いたとよくわかる」

ティアは目を細めた。「私を皮肉ってるの？」

「いや、どんな状況にも対応できる戦略が練れる能力は僕が一緒に働いたどの司令官より優れている」

ティアが頬を赤らめた。「ああ、ありがとう」

「ここに僕と一緒に来てくれてありがとう。きみをここに連れてきたのは、きみが恥ずかしいからでもない」

――僕たちがしたことが恥ずかしいからでもない」

ティアの顔がさらに赤らんだ。「ああ、ええ」

興味深い反応だった。するとティアは、彼をすっかり受けつけないわけではないのか。

彼もティアを受けつけないわけではない。

感情で物事を見る目を曇らせるつもりはない。感情は物事を混乱させるだけだ。だがもし愛のせいで、ティアがプロポーズを受け入れやすくなるなら、それでよしとしよう。それでも自分の心さえはっきりしておけば、心が頭の中まで支配することはない。

「僕がきみをここに連れてきたのは」彼は続けた。「なんのプレッシャーもなしで、二人で話せる場所が欲しかったからだ。きみの望みが何かは重要だ」

そして願わくば、彼が望んでいることをティアも望んでくれるように説得できればいいのだが。

「それで私に何かを強要するつもりはないのね？」

「ない」アントニオはティアを魅了し、二人にとって最善と思えることをさせるつもりだった。強要するのとは違う。弱い者いじめはしない。ティアと赤ん坊の面倒はちゃんと見るし、助けを快く受け入れてほしかった。「この三日間で僕たちは互いをもっとよく知ることができる。理解を深められるんだ」

「それでいいわ」ティアは言った。「ありがとう」

「では今夜は僕とのディナーに同意してくれるだろうね。僕が作るよ」

「待っていてくれなくてもよかったのに」

「一緒にディナーの支度ができるかと思ってね」一緒に何かをすれば助けになるかもしれない。チームとして働くのだ。二人はうまくやっていけると、ティアに示せるかもしれない。ほとんど見知らぬ者同士に近い関係ではあっても。そうすれば、ティアは彼との結婚に同意するかもしれない——そしてどんな騒ぎや混乱も避けられるかもしれない。

3

二人は沈む夕日を眺めていた。雪を頂く峰々を背景に空がピンク、青、金色の縞《しま》模様に染まっていく。

「ここは美しいわ」ティアは言った。「隠れ家が必要になったとき、あなたがここに来る理由がわかる。でも、あなたはメディアがどこにでもついてくると言っていたけれど、ここにもついてくるの？」

「さほど多くない」アントニオは言った。「村人がちゃんと守ってくれる。おそらく子供のころ僕がここに来ていたのを覚えていて、中には僕やルカと一緒に遊んだ人たちもいるからだろう。みんなメディアをまくのがとてもうまい。心から感謝している」

「始終人目にさらされるのは苦痛でしょうね」

「軍で働いていてよかったと思うのがそれなんだ。彼らは明らかに任務中の僕は追いかけない。僕やチームを危険にさらすかもしれないからだ。だがもちろん王族という立場は油断がならない。容易に誤解され、ありもしない隠れた意味が探される。でも、そういうものだ。そろそろ食材探しに行こうか」

「いいわね」ティアは言った。

アントニオがティアをキッチンに案内した。

「何が食べたい？」

「なんでも。私は食事にうるさくないから」

彼は咳《せ》き込んだ。「僕だって妊娠中の女性が食べないほうがいいものや、赤ん坊のために食べたほうがいいものくらい知っている」

「もう妊娠後期に入るから、カルシウムが必要ね」

「だったらミルクとチーズ、そうだろう？」

「低温殺菌がされたものを。緑黄色野菜、干しアンズ、イワシ、そういったものをたくさん」ティアは顔をしかめた。「でもスパイスは少なめに。ニンニクやスパイスがききすぎだと胸やけを起こすから」

アントニオは冷蔵庫の野菜の引き出しを調べた。

「ホウレンソウとケール、ジーナが鶏肉《とりにく》を買ってある。お好みなら、明日はイワシを頼んでおこう」彼は食料品の戸棚も見た。「干しアンズとクスクスがある。鶏肉と煮込んでタジン料理を作ろうか。野菜はホウレンソウとケール、スパイスは控えめで」

「タジン鍋で料理ができるの？」ティアは驚いた。

「軍隊で覚えた。多国籍連合軍のチームで、ほかの国の文化や考え方が学べた。おかげで、食べ物や火でことこと煮込むシチューについてかなり学んだ。お返しにパスタ用のうまいトマトソースの作り方や、パスタの上手なゆで方を教えた」彼は目をくるりと動かした。「チームメイトがびちゃびちゃのスパゲティを僕に出したことがあった。だから僕は、缶詰めに入ったオレンジ色のものをソースと称してパスタとからめて出すのはやめてくれと言ったんだ」

　これはティアがあまり目にしない彼の一面で、兄のネイサンがなぜアントニオと親しくなったのか、今ならわかる気がした。彼のユーモアは少し辛辣で、プリンス・アントニオのこんな一面こそ、あまり見せない人間らしい一面で、ティアにはむしろ好ましかった。一緒にいて楽しめそうな男性だった――堅苦しくて少し息苦しくさえある王室の名士で、尊大で、いらだたしささえ覚える男性よりもはるかに。

「軍務に戻りたくない？」ティアはきいた。

「そうだな」彼は認めた。「確かに、人間なら決して目にしたくないような恐ろしい出来事に遭遇することもある。だがチームと僕とで現実を改善できる仕事なんだ。僕たちなら人々を助けられる」

「戻るつもり？」

「父が存命なら今ごろはチームに戻っていた。だが今は兄や母、新しい姉が僕を必要としている」

　ティアはそのことを理解し――彼には家族が大切だという事実に好感を持った。

「あなたは事態が落ち着くまで長期休暇を取っていられるの、それとも退役しないといけないの？」

「今は特別休暇中で、家族と国を支えるために必要なことをするつもりだ」ティアはアントニオが王族の義務を第一に考えているのか、それとも家族なのか、まったくわからなかった。あるいは王家の一員としては義務も家族も同じなのかもしれない。

「それで、王宮にいられてよかったと思ってる？」

　彼はティアを見つめた。質問の意味をはかりかねているようだ。「きみと僕がという意味か？」

「そうよ」ティアは言った。「私がメディアに駆け込んでゴシップをふれまわったりしなかったから」

「僕はマスコミより家族のことを考えていた。でもよかった。ありがとう。王宮は大丈夫。だが政治のほうは頭が変になりそうだ。つまらない口論や悪口ばかりで、顔をつき合わせて幼稚園児なみの自慢話をやめるよう言ってやりたくなる。〝僕の父のほうがきみたちよりはるかにましだった〟と。解決せねばならない問題が山積しているんだ。チームで一丸となってあたれば、はるかに解決しやすくなる」

ティアは笑みを浮かべた。「そんなことを言ったら大変なことになるんじゃないかしら」

「ああ。兄がどう対処するか知らないが。僕ならそうする。兄は国に奉仕するように教えられて育った。この種の仕事をこなす教育も受けている」

「母親違いのお姉様は？」女王になる女性だ。

「ガブリエッラは今年まで自分が何者かさえ知らなかった。母親のソフィアは彼女の出自についてひと言も話さず――ガブリエッラが三歳のとき亡くなっている。叔父夫婦に育てられ、カナダで書店を経営していた。だからもちろん、ルカや僕たちのようには育てられていない。あるとき身辺整理をしていて自分の母親の手紙を見つけた。ガブリエッラは僕の母に連絡し、事の真相を知ったんだ――明らかに彼女はルカより年長で、僕の父の血縁だと思えた。DNA鑑定でも間違いなくそう証明されるだろう」

「お父様の娘だと思うのね？」

「ああ。彼女を見ていると父の姿が目に浮かぶ。はるかにもの柔らかで、温かみを感じさせるがね」

するとアントニオの子供時代は島国での牧歌的な暮らしではなかったのね。父王が堅苦しくて冷淡だったとすれば、アントニオが感情を抑えている理由もわかる。なぜアントニオが愛を信じられないかも。

「彼女に好感が持てるのね？」

「好きだよ。分別があって、ルカによく似ている」

「受け入れるのは大変ね。突然自分が今までと違う生まれとわかって。それも公式に認めるのだから」

「ガブリエッラは強い。ちゃんと向き合うさ。それに王宮に図書館があり、何百冊も稀覯《きこう》本がある。そこが隠れ家になる。王宮で本に囲まれて暮らせる」

　アントニオの隠れ家は山々に囲まれたここだという意味だ。彼はティアに何か伝えようとしているのか。それとも深読みしすぎているのだろうか。

　アントニオはティアに野菜とクスクスを準備させ、自分はチキンを炒《いた》めて、シチューのソース作りにかかった。やがてキッチンはいい匂いで満たされた。

「ジャコモも一緒に食べるかどうか確かめてくる」アントニオは言った。「すぐに戻る」

　ティアは腰をおろしてグラスの水を飲みながらアントニオについて知ったことを思い返した。彼の子供時代は孤独だったようだ。王族で裕福だったにもかかわらず、ティアが父を亡くす前に彼女とネイサンが両親との間に育んでいたような親密な絆《きずな》はうかがえない。王宮ではすべてがひどく形式ばっているから彼が控えめで無感情に見えたのも説明がつく。

　おそらくアントニオは本当はそんな人ではないかもしれない。それに何もねたがないとき、メディアはありもしない話をでっちあげると言ってなかっただろうか。ひょっとして彼は自分の感情を表に出すことに自信が持てずに成長してきたのかもしれない。誤って報道され、家族に波風が立つことを恐れて。

　裕福な生まれのかわいそうな男の子。もしティアが愛に満ちた貧しい子供時代と、ルールや規則に縛られた裕福な子供時代のどちらかを選ばねばならないとしたら、選択は簡単だっただろう。いつでも愛を選ぶ。アントニオは人を愛することを学べるだろうか。赤ちゃんの本当の父親になれるだろうか。二人はここでうまく過ごせるだろうか。それとも、黙ってロンドンに帰ってしまったほうがいいだろうか。

　アントニオがキッチンに戻ってきた。「ジャコモはあとで何か食べると言っている、自分の部屋で」

「それはつまり、彼は経験から、あなたの料理が香りほどおいしくないと知っているってこと?」

少しは傷つくかと思ったが、彼は笑ってティアを驚かせた。「いや。でもきっとこれを食べて顔をしかめ、ガーリックとチリをたくさん入れるだろう」

とたんにティアは罪悪感を覚えた。ニンニクや香辛料を使わないように頼んだのは彼女だった。アントニオもまたこの料理が味けないと感じるだろう。

「ごめんなさい。私が言ったことは考えなくていいから。ガーリックとチリを――」

「いいんだ、ティア」彼がさえぎる。「同じものが食べられてうれしいよ。ダイニングでいいかな」

「キッチンで食べられない？　そうでないと、私たち二人だと、どこに座っていいか迷ってしまうもの。十二人がけのテーブルは大きすぎるわ」

これが家なのか。今まで家庭的な生活に憧れたことはなかった。世界を旅し、任務でアドレナリンがほとばしるような興奮を味わい、困難な状況を改善できていると実感できた。だがこうして落ち着くと……。ようやくわかってきた。自分がどれほどこれを望んでいたかに気づき、アントニオは愕然《がくぜん》とした。

「おいしい」タジン料理を味見し、ティアは言った。

「ガーリックがききすぎで、スパイシーすぎないかな？」彼がもう一度確認する。

「完璧よ。お気遣いありがとう」

「よかった」彼は他人同士のように礼儀正しく振舞うのが落ち着かなかった。二人はそれ以上の関係なのに。ティアの明らかにせり出した腹部が互いにどんなふうだったか証明している。あの一夜だけ。そしてティアにどんなふうに感じたか考えるといたたまれなくなるが、同時に彼はあの親密さを取り戻したいとも思った。ここには子供のころ楽しかった思い出があり、王宮の制約から自由になれたと感じられるこの場所で、彼はティアとずっと話がしたいと思った。最初は無難な話題から始めるのがいいか。

もしれない。「カーサヴァッレの印象は?」

「この村も山も美しいわ。それに、あなたの国の王宮はおとぎ話に出てくるお城のようで、真っ白な石も尖塔《せんとう》もみんなすてき」

そんなふうには考えもしなかった。「そうだな」

「それに王宮の玄関広間のクリスマスツリーもすばらしいわ。飾りつけに時間がかかるんでしょうね」

「王宮を飾りつける担当チームがいる」

ティアはほほ笑んだ。「国王を梯子《はしご》に登らせて枝に飾りをつけさせるなんてできないでしょうしね」

「あの高さのツリーには足場を築く。でもきみの言うとおりだ」彼はティアを見つめ、好奇心を覚えた。彼女はツリーに意識を向けている。クリスマスは彼には公務の時季だが、ティアは違うのではないか。

「きみが幼いころクリスマスはどんなだった?」

「父が休暇で帰ってくるとすぐ、ツリーの飾りつけに取りかかったわ、クリスマスの前の週よ。出かけていってツリーを選ぶの。家族ぐるみで——本物のツリーはいい香りがするの。それから父が小さな電球をつけて、母が飾りつけの入った箱を出してきて、みんなで順番につけていくの。ネイサンと私は毎年お店で新しいものを一つ選んで、保育園や学校で作ったものを一つずつ。母は私たちが作ったものをみんな取ってあって、今では古びてツリーには飾れないのに捨てられないでいるのよ」

ささやかな家族のクリスマスだ。ツリーの飾りはそれぞれに意味を持ち、愛情をこめて作られていて、ひとまとめに店で買ったものでも、何十年も代々受け継がれてきながら飾られもしない高価なクリスマスボールなどでもない。彼の家族とはまったく違う。そんなに温かい家族の中で育つのはどんなだろう。

「毎年クリスマスイブにはベッドの足もとに靴下をつるしたわ。母が裁縫が得意で作ってくれて、銀糸で刺繍《ししゅう》した私たちの名前や星がきらきら光ってた。

サンタさんにはグラスのミルクとチョコクッキーを、トナカイにはニンジンを用意しておいた。毎年階下《した》におりていくと、グラスはからで、お皿にはクッキーのかけらと食べかけのニンジンが残っていたわ」

彼の家族にそんな習慣はなかった。いつからサンタクロースを信じなくなったのかさえ覚えていない。

「幼いころ、靴下にはお菓子とオレンジが二、三個、塗り絵にクレヨン、ネイサンにはおもちゃの車、私には魔法の杖《つえ》つきのシャボン玉の瓶が入っていた」ティアはほほ笑んだ。「父を亡くして金銭的に少し苦しくなってからも、母は私たちのために靴下を用意してくれた。二、三週間かけてちょっとしたものを買いそろえて、私たちに見つからないように贈り物を箱に入れて洋服だんすの上に隠しておいたの。

サンタクロースを信じなくなってからも、私たちは靴下を出したわ。ネイサンと私は母のためにも靴下を作ったこともあって、お小遣いを貯《た》めて、スーパーマーケットで高級な入浴剤を買ってあげたり、写真立てを作ってあげたりした。最初の年、母は泣いてしまって、ひどく悲しがらせてしまったのかと心配になったけど、どんなに特別な贈り物だったか、どんなに私たちを愛しているか教えてくれた」

愛。王宮では決して口にされない言葉だ。父はいつもどこかよそよそしく、母のマリア王妃はもっと温かみがあったが、現実を見る目に長《た》けていて、感情的なことは話そうとしなかった。だから、アントニオは兄のルカを愛し尊敬していたが、実際に言葉で愛情表現をしたことがなく、ルカもまたそうだった。二人はその類いの言葉をかけ合ったことがない。

そして今、アントニオは自分が愛を知らないままここまで来たのではないかと思い始めていた。彼の子供時代はあまりにきっちりしすぎて規則ずくめで、愛情の入り込む余地がなかったのではないかと。グレース・フィリップスは明らかに最善を尽くして、スー子供たちにできる限り多くの夢を与えようとした。

「あなたのクリスマスは？　何か伝統があるの？」

「玄関広間のツリーを見ただろう。あれが僕たちの伝統の一つなんだ。それぞれの飾りつけが王家のために特別にデザインされたもので、ブスケッタが手がけている——カーサヴァッレの宝石職人の一族で、ファベルジェに少し似ている。この伝統は百年以上続いていて、それぞれの飾りつけ用に秘密の仕切り部屋がある。毎年その年のオーナメントをお披露目する特別な式典があるんだ」

ティアと彼女の兄が毎年特別な飾りを選ぶのに近い行事だ。規模が違うだけで。

「僕たちは王宮の大聖堂でミサを行い、クリスマスの翌日には王宮を国民に開放する。ビュッフェ形式で、ホットワインやココアが振る舞われ、王宮の厨房《ちゅうぼう》は前もって何日もかけて準備する。ルカと僕は王宮の入り口に立ち、両親と一緒にみんなを迎える」だが今年は例年と異なり、父のいない初めてのクリスマスになる。新国王と——あるいは新女王と迎える。アントニオはそんな考えを脇に押しやった。「噴水がある中庭には氷の彫刻が設置され、生け垣の迷路は子供たちが探検できるようライトアップされる。僕たちは国民にすばらしいすてきなクリスマスを過ごしてもらうつもりだ」

「わかるわ。国民に何かしてあげたいのね——イギリスの女王が別邸のあるサンドリンガムで、クリスマスの朝、ご家族と教会に行き、外に列を作った人々に挨拶するように。でも私が言ってるのは公式にではなく、私的な家族のクリスマスよ。あなたにとっての伝統は？　靴下やそういったものは？」

いや、なかった。ティアが言ったようなクリスマスはなかった。「王族の子供として、ルカと僕はほかの王族や世界中からたくさんの贈り物をもらった。開けるのを手伝ってくれる者が必要なくらいで、誰が何を贈ってくれたのかわからないこともあった」

ティアは顔をしかめた。「あなたにとって特別な思い出はないの、アントニオ。お母様やお父様にしてもらったこととかは？　いつも特別な物語を読んでもらったとか、一緒に映画を観《み》たとかは？」

「ない」

「それは残念ね。だってクリスマスで最も大切なのは贈り物じゃないわ。愛情よ。家族で一緒に過ごすこと――私たちはいろんなことをして楽しんだ。トランプやジェスチャー、すごろく。一番楽しかったのはネイサンがカズーで遊ぶゲームを買ってきた年ね。みんな自分が引いたカードに書いてある歌を、カズーを口にくわえて歌わないといけないの。母も父も、ネイサンも私も、みんなひどい音を出して歌にならなくて、笑いすぎておなかが痛くなったわ」

アントニオが家族と絶対にしないことだ。むしろ軍隊の仲間としたものに近い。「楽しそうだな」

「そうよ。ご家族と一緒にできなくて残念ね」

「王室の公務があったから」彼は言った。それでも、さっきティアが言ったように、彼も残念な気がした。両親や兄とそんな楽しみをわかち合いたかった。

彼は自分の赤ん坊のために変われるだろうか。ティアを説得して結婚できたら、彼女は王宮を変えていくだろうか。新しい、もっと個人的な伝統を始めていくだろうか。彼も変わっていくだろうか。

アントニオは足もとの地面が揺らぐ気がした。

「それで、あなたはずっと軍隊にいたかったの？」

「僕は弟でルカほど期待されていなかったので、はるかに自由だった。世界を旅して人々の暮らしに有益な変化をもたらすという考え方も好きだった」

「ネイサンや」ティアは言った。「父のように」

「きみはどうなんだ？」

「私は私のままでいいわ」

「そうではなくて、幼いころ、きみの夢はなんだったときいてるんだ」すでに答えは知っていたが、ティアからそれを聞きたかった。

「入隊する気はなかったけど旅はしたかったわ。小学校の先生に憧れたけど、成績が十分ではなくて」

ネイサンはいつも妹は頭がいいと言っていた。アントニオもティアと話してそう実感した。母親の介護が大変で学業に集中できなかったのだろう。「きみならなれるさ。教員の養成講座を受ければいい。社会人学生になって」

ティアは首を振った。「母もそう言ってくれたけど、そばを離れたくないの。今のままで幸せよ。仕事が好きだし、店主夫妻はいい人たちで。常連客から昔のロンドンのいろいろな話も聞けるわ」

ティアはどんな境遇にあっても幸せを見つけられる人だと彼は強く思った。信じられないほど前向きでプライドが高く、自立している。そんなティアを怒らせる前に、彼は身を引いた。「用意ができた」

やがてディナーを終えると、ティアは食器洗いを手伝うと言った。それから二人は星を眺めにサンルームに戻った。アントニオは頭上の明かりをつけるよりティアがもっと優しい雰囲気を好むだろうと察し、錬鉄とガラスのランタンに香り高い円柱形のキャンドルをともした。「クリスマスの香りね」ティアは言った。「シナモンとクローブとオレンジ」

「きみの好みでよかった」彼が言う。「音楽は?」

「いいわね」

「礼儀を気にしなくていい。本当は何を聴くのが好きなんだ? ポップス? クラシック?」

「一年のこの時期はクリスマス音楽かしら――古いポップスならなんでも、キャロルも好きよ」

音楽配信サービスで、クリスマス音楽のメドレーを見つけるのに時間はかからなかった。

「すてきね。あとはクリスマスツリーね」

彼はティアが子供時代に家族と過ごしたクリスマ

スの話をしたとき、顔がぱっと輝いたのを思い出した。これが彼女との距離を縮めるよい方法になるかもしれない――ティアは言っていなかっただろうか。クリスマスで何より大切なのは愛情で、家族と時間を過ごすことだと。一緒にツリーを飾る話もしていた。それが二人がするべきことなのかもしれない。

「ツリーがあったほうがいいならそうしよう。明日、一緒に選べる」彼はティアを見つめた。「赤ん坊のために特別な飾りを選ぶこともできる。一緒にね」

「でも、私たちは一緒にはなれないわ」そっと言う。「住んでる世界が違うもの」

「だが赤ん坊は僕たち二人の一部だ。赤ん坊の中では僕たちの世界が融合している」

「そうね」そう言う顔には悲しみがうかがえた。

彼はティアをなだめたかった。唯一思いついたのはそばに行って一緒にソファに座り、両手を自分の手で包み込んでやることだった。「大丈夫だから」

「わかってる。ただ思ったの……」ふっと息をつく。「ネイサンならいい伯父さんになったかもしれないと。いい父親にも。その機会があればよかったのに。思うでも兄は特別な人の話をしたことがなかった。思うに、母と私に責任を感じていて、誰とも親しくなろうとしなかったのかもしれない」

アントニオは鋭い評価だと思った。だがそれは真実の一部でしかない。「彼は二人とも愛していた。彼はきみたちのどちらも重荷とは思っていない。二人をとても誇りにしていたよ」

「私は兄を誇りにしている。母もそう。父には兄が十三歳を過ぎても成長を見守ってほしかった――私が十歳を過ぎても」ティアは彼を見つめた。「ごめんなさい。あなたもつらいのに、特に今は。お父様がいない初めてのクリスマスなのに」

彼はうなずいた。「それが……少し奇妙なんだ」

ティアの指がアントニオの指をきつく握って彼を

慰めた。「最初はつらいものよ。お父様のいない、あなたの最初の誕生日、お父様の誕生日、クリスマス、お父様の最初の命日。でも、彼はあなたの心の中にいる。いつまでも。変わることなく」

だが、アントニオの家族との関係はティアとはまったく異なっていた。王家の義務がほかの何よりも優先された。だから、ほかの家族と同様、彼は自分の感情について考えたことなどなかった。

今はこの居心地のよい暖かな部屋で、クリスマス音楽がBGMで流れ、月明かりに山々の景色が見え、キャンドルの柔らかな光がティアの顔を照らしている。彼にはすべてが違って感じられた。まるで自分の中で何かが解き放たれていくような、同時に、暖かく溶け合って混然一体となっていくような、そんな感じがした。なのに今の気分をどう伝えたらいいかわからない。ばかなことを考えているのは自分だけかもしれず、ティアが同じように感じているとは限らない。なんといっても彼との結婚を拒んだ女性なのだから——彼の子供を身ごもっているにもかかわらず。代わりに彼は言った。「僕と踊らないか」

ティアはまばたきした。「あなたと？　私……」

もちろん望んではいない。期待しすぎだ。「すまない。きくべきじゃなかった」彼は手を放した。

「そうじゃなくて。ただ……」ティアが切なげに言う。「ダンスはあまり得意じゃなくて」

そうだった。ティアは働いていないときは母親の介護をしていたのだ。学校帰りにディスコに行ったり、ナイトクラブや、彼が行くような派手な社交行事に出かけることもなかっただろう。だがもしダンスを知らないことが二人の障壁になっているのなら、彼がそれを解決できる。今すぐにでも。止める前に、言葉が口から出ていた。「僕が教えてあげよう」

「私に教えてくれるの？」

すると突然、空気に電気が走った気がして、息をするのも苦しくなった。ティアは彼を近づけるだろうか。それとも言い訳をして、あとずさるのか。

答えを待つ時間がゆっくりに思えて、一秒一秒が十倍もの長さに感じられる。まるで映画のスローモーションの場面を観ているようだ。

やがてティアはうなずいた。「いいわね」

アントニオはティアを足もとに引き寄せた。ティアは素足で、彼よりも身長が十五センチ以上も低く、さらにいっそう彼女への保護本能をかきたてられる。

「よし。僕のリードについてきて」

マイケル・ブーブレが歌う《メリー・リトル・クリスマス》が流れる中、アントニオの体がティアとともにキャンドルの光に照らされて揺れる。彼はティアの髪に頬を寄せ、その柔らかさを肌で感じながら、ほのかなフローラルの香りを吸い込んだ。

アントニオの腕に守られるように包まれて、ティアは久しく感じたことのない安心感を覚えていた。キャンドルの明かりのそばで、彼の腕に抱かれて、最も好きなクリスマス音楽に合わせて踊るのはすばらしかった。部屋はまるで幾千もの星の光が降るようで、無器用でぎこちなくなるかと思ったのに、今は彼の腕の中で苦もなく踊っている。彼のリードのおかげで、足を踏み違えることもない。

ほんの一瞬、ティアはこれは現実なのだと信じられた。彼女を腕に抱いているのは、礼儀をわきまえているからでも、義務を果たすためでもなく、彼が本当にティアを――彼女と赤ん坊を望んでいるからなのだ。彼が気遣ってくれているのだ、と。

だがそのとき音楽が変わり、聖歌隊が《きよしこの夜》を歌い始めた。母のお気に入りだ。

ティアはホームシックに見舞われた。母が恋しくて、ティアはグレースをいつも心配していた。アントニオはさっき、とてもうまく言いあてていた。ティアはパートタイムで働きながら、赤ん坊の世話と母親の介護をどうこなしていけばいいだろう。その瞬間、将来が不安でいっぱいになった。

彼はティアの緊張を感じ取ったのか、身を引いた。

「すべてうまくいくさ、ティア」優しく言う。

言うのは簡単だが、そのとおりだと確信するのは簡単ではない。「そうね」ティアは言ったが、アントニオに意志薄弱な弱い女と思われたくなかったし、あきらめてすべてを彼に任せたくもなかった。なぜならそれはティアらしくないからだ。ティアはなんとか自分でやってきた。いつもそうしてきた。

「きみはとても長い一日を過ごし、長旅をこなしてきた」彼は言った。「バスタブに湯を張って、ホットココアを作ってあげよう」

ティアにだって自分で湯を張ることはできる。

だが同時に、ティアはあまりにも疲れていた。彼の言うとおりだ。今日は長い一日を過ごし、長旅を続けてきた。さらに、自分以上に赤ちゃんのことを考えねばならない。今回一度だけなら、彼に面倒を見てもらっても心は痛まない。ティアが彼のゲストなのだから。「ありがとう。とても親切なのね」

アントニオはティアがあまりにもあっさり折れたので驚いていた。とはいえ、ティアは妊娠六カ月で、長い一日を過ごしてきた。彼はこのことで大騒ぎをするつもりはなかったし、彼女のこの態度がもっと頻繁になり、彼に助けを求めてくれるようになってくれればいいのだがと思わずにいられなかった。

それでも、その助けがどのような形になるか、見当もつかなかった。ティア・フィリップスは極端なまでに独立心が旺盛なのだから。

何度も考え、唯一たどりついたのが結婚するしかないという結論だった。ティアは彼の子供を宿している。王位継承権で第四位となる赤ん坊だ。名誉なことで正しい解決法のはずだ。彼ならティアの面倒も見られるし、赤ん坊の世話も母親の介護もできる。

なのにティアは愛ある結婚しかしないとはっきり言っている。彼はティアを愛しているのだろうか。

二人は互いについてほとんど知らない。彼はひと目惚《ぼ》れどころか、愛を信じているのかどうかさえおぼつかない。人は愛をどのように感じるのだろう。どうやって誰かを〝運命の人〟と知るのだろう。どうして愛がいつまでも続くとわかるのだろう。

プリンスとして、うまくいくとは限らず厄介な事態を招きかねない関係に、リスクを冒す余裕はない。王家の果たすべき義務が常に第一のはずだ。

それでも……。ティアには彼を引きつける何かがあった。ティアが好きだし、一緒にいて楽しい。彼は明らかにティアに惹《ひ》かれていた。これがスタートだ。どうにかして、この三日間で彼女を幸せな気分にし、これがうまくいくと示す必要があった。適切な関係が築けると。チームとなって働く。互いを愛することを学ぶのだ。それが彼女の望みなら。

ティアが一階に戻ってきた。パジャマに着替え、髪にタオルを巻いている。アントニオは居間のソファに彼女を落ち着かせ、ホットココアのマグとフリースの毛布を手渡した。「お父さんを亡くし、お母さんも病気で、大変だっただろう」

「なんとかなったわ。母は縫い物や繕い物をして、家事をしていたから、休みたいときは休めたのよ」

アントニオにはわかった。きっとティアが母親の仕事の仕上げをしていたのだろう。それに今思い返すと、ネイサンもまた針仕事がうまかった。

「ネイサンは週末に街角の雑貨店で働くようになって、私は新聞配達をしたわ」ティアは話を続けた。「兄が軍隊に入ると、私が店の仕事を引き継いだの。店主はすばらしい人で――彼女は母の容態を知っていて、体調がすぐれない日は、家に様子を見に帰らせてくれた。ここだけの話だけど、母が家事をできないときは、ネイサンと私で家事を片づけたわ」

　すると兄が入隊したあと、ティアが一人で家事をこなしていたことになる。アントニオの特権階級の生活とはかけ離れている。彼はティアのたくましさに感心した。ネイサンもまたそうだった。彼の親友は自分の過去について決して多くを語らなかったが、その性格の強さに目を見張るしかなかった。

「でも大変だっただろう。学校はどうだった？」

　ティアは肩をすくめた。「うまく切り抜けたわ。母のせいにしないで」そっと言う。「もし福祉事務所が母の病気や私たちが母を助けていると知ったら、私たちは母から引き離されて保護されていた――ネイサンと私は別々の家族に引き取られていたかもしれない。学校のクラスでもそんなことがあったし、私にも同じことが起きるんじゃないかと怖かった。私は母とネイサンから引き離されたくなかったし、ネイサンも母と私から離れたくなかったのよ。だから私たちはそのままの生活を続け、先生やみんなに母の病気について知られないようにした。私たちにはお互いがいて、いつも一緒だったから」

　アントニオが思った以上に、事態ははるかに深刻だったのだ。ネイサンと同じように勇敢だった妹を思うと、アントニオは胸が痛んだ。「助けてくれる家族はいなかったのか？　祖父母は？」

「母は一人っ子で、母の両親は私が生まれる前に亡くなってるの」ティアは言った。「父の家族は母を嫌っていた。みんなで初めて会ったとき大喧嘩《げんか》になって、仲直りできないままだった。父を亡くしたあと、ネイサンが手紙を書いたけど、返事は来なかった。でも大丈夫」ティアは両手を広げてほほ笑んだ。「もともとなかったことを悲しむ必要はないもの。それに母は最高よ。本当に体調が悪いときでも、文句一つ言わない。誰よりも優しくて愛情深く、私の母でいてくれてとても感謝しているわ」

アントニオは罪悪感に見舞われた。「ネイサンの死後、きみたちをそばで支えられず、すまない」

「支える？　母も私もあなたのお金は必要ないわ、殿下」きっぱりと言う。「施しは受けませんから」

彼はティアを見つめ、彼女が金銭的なことを言っているとわかって、愕然とした。「もちろん、きみたちはそうじゃない。そんな扱いをしてきみたちを侮辱するつもりはない」彼はティアのプライドの高さをよく知っている。金を渡すなど、二人の間の障壁をなくすにしてはあまりにも性急なやり方だ。

「ごめんなさい」ティアは言い、唇を噛《か》んだ。「あなたにつらくあたったりして。ただ……裕福な人たちはなんでも金銭ずくで考える傾向があるから」

「それに、プリンスとして、僕がひどく裕福な生まれだから、よけいにそんなふうに思ってしまうのだろう。僕はお金について言ってるんじゃない。すぐに駆けつけて、きみの精神的な支えに――きみとお母さんの支えになるべきだったんだ。なのに僕はきみたちの前から姿を消し、ほったらかしにした」

「あなたがネイサンの葬儀に出られなかったのは新たな任務に赴かねばならなかったからだし、さらに、お父様を亡くして王族の義務を果たす責任があったからよ。駆けつけて私たちを支援する時間などなかったのは当然よ。だから謝るわ。あなたを侮辱するつもりはなかったのよ……あなたがお金で私を黙らせようとしているかのようにほのめかしたりして」

「それでも、きみは僕が会いに来なかったことで、見捨てられたと思ったに違いない」

「それほどでもないわ――私が怒っていたのは母を思ってよ。母と数分過ごして、兄の思い出をわかち合うのはあなたにとってさほど大きな犠牲ではないだろうと思ったから。兄の写真や書き残したものを送ってくれてもよかったわ。兄が皆さんに大切に思われていたと母にわかるようなものを」

「彼は大切に思われていた。なくてはならない存在だった」アントニオは片手で髪をかきあげた。「きみの言うとおりだ。僕はそんな時間を作るべきだった。きみたちに会いに行ったときも僕はひどい態度をとってしまった。僕が間違っていた。すまない」

「私も取り乱してしまって、ごめんなさい」ティアが言い、甘やかな笑みを浮かべると、アントニオの心は真っ二つに引き裂かれそうだった。

「思うに」彼は言った。「二人とも早く寝たほうがよさそうだ。別々の部屋で」あわてて言い添える。「ここに泊まるのに僕はなんの見返りも求めない」

「ちょっと疲れてるみたい」ティアは認めた。

「話は明日の朝しよう」彼は言った。そして安易に約束の言葉など告げるつもりはないと知らせるように言い添えた。「それからツリーを選びに行こう」

4

翌朝、邸宅の中は物音一つしなかった。ティアはそっと階段をおりていき、キッチンに行ってマグカップに紅茶を淹れようとした。アントニオにもマグに紅茶を淹れようと思ったが、そうすると彼の部屋に持っていくことになる。そんなことは恥ずかしくてできそうにない。彼の子供を身ごもっていることを考えればひどくばかげているけれど、彼のことはほとんど何も知らない。ティアはウエイトレスで、ロンドンのごくありふれた場所で小さなアパートメントに住んでいる。アントニオは地中海の真ん中にある島国で、おとぎ話に出てくるような巨大な王宮に住むプリンスだ。彼はティアの生活になじめず、彼女もアントニオの生活にはなじめないだろう。

問題は、昨夜、家族と過ごした過去のクリスマスの話をしたとき、ティアが彼をひどく身近に感じたことだった。クリスマスは一年でもお気に入りの季節で――贈り物のせいではなく、愛する人々と時間を過ごせるよい機会であり、一緒にいられることを喜び、ともに楽しめる機会だからだ。

アントニオのクリスマスには、成長するまで、楽しめる余地などなかった。すべてが改まっていて、ひどく堅苦しかった。ツリーに飾られる貴重な年代物のオーナメントは、誤って壊してしまうといけないから、手に取っていじることもできない。ただ遠くから眺めるためのものだった。会ったこともないような人たちから贈り物をもらい、遊ぶ機会もないような贈り物もある。国民を迎える挨拶に立ち、家族でゲームをする代わりに、王族としての義務を果たす。

彼の家族。彼らはティアのような娘を受け入れられるだろうか。貴族の生まれでもなく、外交儀礼や王室の礼儀に心得のない者を。

だからティアは、アントニオ・ヴァレンティに引きつけられる気持ちなど抑える必要がある。自らの立場もわきまえず、彼の子供時代がどんなに寂しかっただろうと思って、腕をまわして抱きしめたくなる衝動など無視せねばならない。

ティアは彼と二、三日話し合うと約束をした。彼女は約束を守るだろうし、それからロンドンへと静かに旅立つ。ここでのことはすべてあとに残して。

紅茶のマグカップを両手で包んで持ち、ティアはサンルームに入り、大きな肘掛け椅子の一つに丸くなって美しい景色を楽しんだ。少なくともこれが、何年か後に赤ん坊と共有できる思い出となる。

アントニオとも共有できればいいのに。

だが彼はティアを愛していない。そしてティアは、愛のない彼との生活に身を捧《ささ》げる心の準備はできていない――自分のためにも、赤ちゃんのためにも。

ティアは彼に三日間だと約束した。アントニオはその間に彼女を説き伏せ、自分の意見に従ってくれることを強く願った。彼はまずティアに紅茶を一杯ベッドに運ぼうと決め、さらにできれば朝食のトレイも運んでいこうと思った。それから村に行き、一緒にツリーを探し、オーナメントを選ぼう。午後はツリーを飾って過ごせばいい。そして、ゆくゆくは二人の赤ん坊と一緒にできるようになるとほのめかせばいい。家族の伝統にして、ツリーは毎年店で新しく買い、手作りのオーナメントを飾ればいいと。

それはアントニオが慣れ親しんだブスケッタのオーナメントとは正反対のものだった。それでもティアが手作りの個人的なものが欲しいなら、それこそがティアへの贈り物だった。きらきら光る飾りや接着剤を持ってしゃがみ込んだりした記憶はなかったが、そうする心の準備はできていた。ティアを幸せな気分にし彼を信じてもらうためなら、なんでもするつもりだ。なぜならたぶん、おそらくティアと赤ん坊こそが彼の人生を変えてくれるかもしれないからだ。心の隙間を埋めてくれるかもしれない。ティアの人生の隙間を彼が埋められるかもしれないように。この三日間はティアを説得するためのものと考えていたが、ティアに対する彼の気持ちはすでに変わり始めていた。ティアは彼の子供の予期せぬ母親などではなく、彼が義務を負うべき女性になっていた。ティアと過ごす時間を心から楽しみ始めていた。

彼はシャワーを浴び、黒いジーンズとカシミアのセーターに着替えると、キッチンへと向かった。

ただ、ケトルに水を満たしに行ったとき、まだ熱いことに気がついた。ティアはもう起きてどこかにいるのだろうか。昨日サンルームからの眺めが気に入っていたのを思い出し、アントニオはティアを捜しに行った。するとティアはそこにいて、椅子に丸くなって座り、お茶を飲みながら山々を眺めていた。「おはよう」彼は言った。ティアの姿を見つけて脈が跳ねあがったのが不思議だった。半ば夢うつつの様子で座っているのがとてもかわいく、黒くカールした髪がうなじにかかっている。あんなに美しい褐色の瞳を強調するのに、化粧など必要ないくらいだ。

これは単に魅力を感じる以上の気分だった。アントニオの頭の中でLで始まる言葉がぐるぐるまわっていたが、愛《ラブ》は彼が信じられるものでも、意味を明確に知るものでもなかった。王族は愛のために結婚するのではなく、王家の義務と存続のために結婚する。彼の父は最初の結婚で、王室の暮らしに耐えられない相手と恋に落ちてしまった。

ティアとともに過ごし、結婚することは、政治的に深刻な面倒を引き起こしかねない。あるいはこのことで、彼の人生は新しい方向へと導かれるかもしれない。よりよい方向へと。なぜなら彼女と一緒にいることで、自分の人生には王族の義務や務め以上の何かがあるかもしれないと感じるからだ。彼が期待も求めもしていなかったものだ。だが今その一端をかいま見たことで、さらに多くを求めていた。彼は二人の赤ん坊のためにも、それを望んでいた。

「おはよう」ティアは言い、彼にほほ笑み返した。「自分でお茶を淹れたけど、よかったかしら」

「もちろんさ。きみの家と思って過ごせばいい。僕もきみにマグでお茶を淹れようと思ったんだが、きみがもう起きてるかどうかわからなくて」

恥ずかしそうなティアの笑みに、彼は惹《ひ》かれた。

そのとき彼は腹部のかすかな動きに気づいた。朝の光の中で、彼女のなめらかなトップスの表面がちらちら動いている。「それは……」彼は尋ねた。

「赤ちゃんが蹴ってるのかって？　そうよ」ティア

は彼を見つめ、手を差し出した。「ほら。触ってみて」

ティアに手を取られ彼は腹部に手をあてた。ひどく親密な気がして奇妙な感覚で、息が苦しくなった。

「赤ちゃんに挨拶したら」ティアは言った。

「おはよう、赤ちゃん」彼はささやいた。

するとすぐ、手のひらを蹴ってくる感触があり、まるで赤ん坊が挨拶を返してきたようで、衝撃に打たれた。思ってもみない驚きだった。

「僕たちの赤ん坊が蹴った！」彼は震える息を吸い、ようやくこれが現実だとわかった。

もちろん現実に決まっている。誰が見てもティアが妊娠しているのはわかる。妊娠六カ月なのだから。なのにアントニオは初めて赤ん坊と実際につながっている気がした。予期せぬ、夢にも思わなかった赤ん坊が――今、本当に心から欲しいとわかった。

それは突然で、思いがけない、本能的な憧れで、これまでに知る何よりも強い気持ちだった。

ティアを見る目も変わった。彼女はアントニオの子供の母親なのだ。二人は互いをほとんど知らず、何も感じはしないだろうと思っていたのに、今、そんなことはまったくないとわかった。ティアには何かを感じさせるものがあるからだ。それは体で惹かれる以上の魅力で、どんどん深さを増していく。それを言い表す言葉が見つからず、アントニオは心底動揺していた。今までこんなふうに感じたことがないからだ。彼にわかっていたのはティアが欲しいということだけだった。ティアと赤ん坊が欲しかった。

「赤ん坊に僕の声は聞こえるかな」

ティアはうなずいた。「この子は話しかけられるのが好きよ。ママに歌ってもらうのが大好きなの」

赤ん坊に歌いかけるとは。

彼には学ぶべきことがあまりにもたくさんある。

「この男の子……女の子……僕たちの赤ん坊は」彼

は言い直した。「決まった時間に蹴るのか?」

「この子は早朝はいつも元気がよくて。午前二時にでんぐり返しをするの。母によると、目を覚ましてミルクを欲しがっているらしいわ」

「〝僕たちの赤ん坊〟だ」アントニオはささやいた。

アントニオの顔に驚きの表情が満ちている。そして声がつかえて、涙で目が潤んでいるのは、二人のこの子供と関係があるのだろうか。

一瞬、ティアの胸は希望でいっぱいになった。

彼がティアをここに連れてきたのは正しかったのかもしれない。一緒に過ごすことで、未来がさらに明らかになるかもしれない。自分たちの夢や希望を、赤ちゃんに何を望んでいるか話すことで。互いにちゃんと知り合えば——二人の本当の姿を知れば——前に進む道を見つけられるかもしれない。ロンドンのつらい日常ではなく、王宮の非現実な魅惑の日々でもなく、この山々に囲まれた場所でなら——彼が子供のころから愛する、ひと息つけるこの場所でなら。ここでなら、アントニオは世間が期待するプリンスではなく、自分らしくしていられる。

「思いもよらなかった……」一瞬、守るようにアントニオの手が腹部のふくらみにまわされた。それから、顔をしかめて手を離す。「すまない。出すぎたまねをしてしまって」

彼はティアに触れてしまったのを気にしているのだろうか。二人で儲《もう》けた赤ん坊だと考えて……。でも一方で、彼は最も厳格な礼儀作法に沿って育てられ、公務も規則や規定に基づいている。「ほとんどの人が赤ちゃんの感触を喜ぶわ」ティアは言った。「見ず知らずの人がときどき私のそばに来て、赤ちゃんが蹴るのを感じるかなんてきくくらいだから」

彼は驚いた様子で、考えたこともないらしい。

「これはあなたの赤ちゃんなのよ」優しく言い添え

る。「いつだってそうしたいときにやってきて、私のおなかに手をあてて、赤ちゃんが蹴るのを感じていいに決まってるじゃないの」

彼はまだその考えにはなじめないようだった。どうしてこれほどまでに打ち解けられないのだろう。

「朝食を持ってこようか」アントニオがきく。

「トーストがいいわ。フルーツとヨーグルトも」

「朝食ができたら知らせるよ」彼は約束した。

トーストは完璧で、地元の蜂蜜とジャムもあった。

「今朝はツリーを選びに行かないか」彼が尋ねる。

ティアは鼻にしわを寄せた。「ほんの数日のためにツリーを買うなんて、少し贅沢《ぜいたく》な気がするけど」

「カーサヴァッレのクリスマスを楽しんでほしい」

いつか二人が赤ちゃんとわかち合える思い出作りのために？　ティアは声に出しては言わなかった。間違っているといけないからだ。でもアントニオが初めて赤ん坊が蹴るのがわかったあの瞬間、彼の目は喜びと驚きに満ちていた。あのときティアは、彼が幼少期の締めつけを克服して前に進んでくれるかもしれないと希望を抱いた。そしてもし彼が心の緊張を解いてくれて、本当にティアが知り始めているような男性になってくれたら、ひょっとしたら本当に二人にはともにできる未来があるかもしれない。

その希望は燃えあがり、ティアの心の中でとてもはっきりと明るく輝いた。「わかったわ。ツリーを買いに行きましょう。小さいのでいいから」

村に足を踏み入れると、通りはクリスマスの飾りつけでにぎやかだった。どの店のウインドーにもキリスト降誕の場面が描かれ、少しずつ違っている。

「どれもきれい」ティアは言った。「独創的だわ」

「どのウインドーもすばらしい」彼もうなずいた。

「店のウインドーにキリスト降誕の場面を飾るのは長年の伝統なんだ。イタリア本土と同じように」

店頭の飾りを眺め終えると、彼は言った。

「ツリーを選びに行こう。どんなツリーがいい？」

王宮にあった大きなツリーを思い浮かべながら、ティアは言った。「あなたより背の低いのがいい」

彼は笑みを浮かべ、村の中央広場に立てられたばかりの巨大なツリーを指さした。「では、あれとは違うな？　あれくらいがちょうどいいのに」

一瞬、天井が吹き抜けになった彼の邸宅の玄関ホールを思い出し、ティアは彼が本気で言っているのか疑ったが、目がきらめいているのを見て、からかわれているのだと気づいた。ティアが思ってもみなかった反応で、彼女は未来への望みを強くした。

彼がどんなに魅力たっぷりかは言うまでもない。口角をわずかにあげている。ティアはつま先立って彼の首に腕をまわし、唇を奪いたくなった。

それでもティアは危険を冒す気はなかった。アントニオが何を考えているかもっとよくわかるまでは。

代わりにティアは無難な話題を心がけた。飾りつけの話なら安全だ。それでもヤドリギの話題は出すつもりはなかった。「小さなツリーがいいわ。普段、あの邸宅の飾りつけはするの？」

「いや」彼は認めた。「十一月中旬からは王宮にいる。誰も見に来る者がいないのに、あの邸宅の飾りつけをするのはちょっと無意味な気がしてね」

「では、ツリーの飾りはあるの？」

「いや、一緒に選ぶようになるかと思っていた」

新しい伝統を一緒に始めるとか？　だがティアはそんな希望が根づかないうちに、それを抑え込んだ。

二人は市場に期間限定で出店したクリスマス用の店に向かい、ようやく完璧な形と高さのツリーを見つけた。アントニオは代金を支払い、あとで今日の午前中までに屋敷に届けてもらうよう手配した。彼の声を聞いて赤ちゃんがさらにいっそう蹴ってくる気がした。

別の店では、自分の父親だとわかっているのだろうか。ティアはモミのリースに心を奪われた。ルナリアの白いドライフラワーがあしらわれ、巻きつけた糸を赤銅色に着色してある。「母に教えてあげないと。うちの玄関ドアのリースは母が作るの。写真を撮ってもいいかきいてみようかしら」

「いい考えがある。僕の屋敷に飾ったらどうかな」

「でも……」彼のほうを見る。「それでいいの？」

「きみが喜ぶなら、僕もうれしいよ」彼が優しく言う。「それに、このクリスマス・マーケットで買えば、地元の経済への支援にもなる。いいことだ」

みんなの利益になるのね。「ありがとう。本当にうれしいわ」ティアは言った。

店を見終えると、アントニオはティアをカフェに誘った。「ここのホットココアを飲むまでは、完璧なココアを味わったことにならない」

ホットココアは濃厚でこくがありながら、ティアがイギリスで飲むものより甘くなく、ホワイトチョコとレモンのパネットーネと合わせると完璧だった。


「ごめんなさい、化粧室はどこかしら」ホットココアを飲み終えると、ティアは言った。

「本で読んだよ」アントニオが言う。「妊娠中の女性について、特に妊娠後期についての本をね」

ティアは悲しげにうなずいた。「そうみたい」

化粧室に行く途中、ティアは子供たちのクリスマス・パーティが村のコミュニティホールであるというポスターを見た。別に考えることもなかったが、手を洗っていると、女性が二人入ってきて、ともに不安げな顔で、早口のイタリア語で話していた。

「信じられないわ。兄のマリオが昨日スキーに行って足を骨折したんですって。明日の午後、子供たちのパーティで、サンタクロースの扮装《ふんそう》をすることになっていたのに。足をギプスで固定していては、もう無理かもしれない」一方の女性が言った。

「そうね。かわいそうな人」二番目の女性が言う。

「代わりのサンタを捜さないといけないのに、声をかけた人にはみんな外せない先約があるのよ」

「子供たちをがっかりさせるわけにいかないわね」

「電話帳にはあたっているけれど、代わりのサンタ《バッボ・》クロース《ナターレ》を見つけるにはクリスマスの奇跡が必要だと思い始めてるところよ」最初の女性が言った。

　あるいは、プリンスが身分を隠して登場するといいかもしれない。ティアは思った。アントニオは明日、王宮で先約があるわけでもなく、ティアとここで二、三日過ごすと約束した。そして彼女はアントニオがその時間を利用して子供たちのためにサンタクロースに扮するのは、とてもすばらしいことだと思った。ティアは口を開いてそう提案しかけたが、赤ん坊が蹴るのを感じて思いとどまった。

　バッボ・ナターレ役をアントニオに提案する前に、まず確認するべきかもしれない。そんなことが許されるだろうか。彼はそれを望むだろうか。多くを期待しすぎているのだろうか。


テーブルに戻る途中、ティアはもう一度ポスターを見て、携帯電話で写真に撮った。今日の午後、ツリーの飾りつけをするとき、アントニオをクリスマス気分にさせられれば、彼は子供たちのクリスマス・パーティの手伝いに同意し、セキュリティチームとともにパーティに出てくれるかもしれない。


アントニオはティアを説得し、結婚に同意させるチャンスを得る次の段階として、完璧なアイディアを思いついた気がした。ツリーに合うものとして、クリスマス・ディナーほどよいものがあるだろうか。

　本格的なイタリアの昔ながらのイブのディナーは、妊娠中の女性には少し濃厚かもしれない。では、伝統的なイギリス風のディナーを作ったらどうだろう。ティアが幼いとき、家族と食卓を囲んだような料理を。ネイサンが話してくれたような、かりかりのローストポテトに、芽キャベツ、ベーコンを巻いたソーセージ、そして何より大きな七面鳥のローストだ。

少し助けがあれば、ティアを驚かすことができる。必要なことは調べればいいが、もっと手っ取り早い方法がある――この仕事をきちんとこなせる正確な情報が必要だ。ティアがテーブルに戻ってくる前に。

彼はポケットから携帯電話を取り出し、ジーナに電話をかけた。彼が不在中に屋敷の面倒を見てくれている家政婦だ。「おはようございます、プリンス・アントニオ」彼女が応える。「お元気ですか」

「元気だ、ありがとう。そっちはどんな様子だ？」

「元気です《ベーネ》、ありがとうございます《グラッツィエ》」笑みを含んだ声が聞こえる。「何かお役に立てることでも？」

「思ったんだが……イギリスの伝統的な七面鳥のローストには、どのくらい時間がかかるのかな」

「七面鳥？　大きさによりますね」

「クリスマスのディナーに大きめのを考えている」

「六キロの七面鳥なら、調理に四時間くらい、さらに寝かすのに三十分ほど」ジーナが考えながら言う。

アントニオは腕時計に目をやった。「それなら完璧だ。一つ調達して屋敷まで届けてくれないか」

「もちろんですとも、プリンス・アントニオ」

「ほかにもいくつか頼む」彼はネイサンの話を思い出しながら料理を並べていった。「そして最後に、クリスマス・プディング。イギリスのだ」

「となると」ジーナは言った。「問題ですね。手作りのものは少なくとも一カ月前には作って、保存しておきます。ですからピッコ・インネヴァートのどの店にも、イギリスのクリスマス・プディングは置いていないでしょう。一番いいのは――ローマかロンドンから空輸してもらうんですね」

それでは費用がかかりすぎる。アントニオには金銭的な問題はないが、ティアにとっては問題だろう。ティアはきっと黙っていない。それに彼女がクリスマス・プディングを好きじゃなかったらどうする。

「代わりに何か作れないかな」

「ゼリーですかね。新鮮なフルーツやスコーンを添えて」ジーナは言った。「それかイタリアの伝統的なクリスマス・ドーナッツですね」そこで間を置く。「プリンス・アントニオ、立ち入ったこととわかってはいますが、なぜイギリスのクリスマス・ディナーを作りたいのかきいてもいいですか？」

「親友の妹のために料理の腕を披露したくて」アントニオは言った。「今晩、彼女を驚かせたいんだ」

「でしたら、イギリスとカーサヴァッレの伝統料理を一緒に出したらどうですか」ジーナは提案した。「前菜にはラビオリかニョッキ、メインは七面鳥と伝統的なイギリス料理の盛り合わせで、最後にイタリアン・プリンとチーズにしてはどうですか？」

「それはとてもいい考えだ。どうもありがとう」

「あなたの親友の妹さんですか。私が妊婦用の服を買いそろえた女性と同一人物かしら」ジーナがきく。

「ああ、どれも気に入ってくれた。また助けてくれてありがとう」アントニオは言った。

「それでは、みんな準備しておきます。終わったらメールでお知らせしますね」ジーナが言った。

「ありがとう、ジーナ。きみの助言に感謝する」

ティアがテーブルに戻ってくるのが見えたので、彼はさっと通話を切り、携帯電話で何か調べていたふりをした。「大丈夫か？」

「ええ、ありがとう」今はあと数時間、彼女を屋敷から遠ざけておくことに集中すればいい。

「オーナメントを探しに行こうか」彼はきいた。

「そうね。どんな色の組み合わせにしたい？」

王宮にあるような？　ティアはもっと堅苦しくないものが好みのような気がする。「僕にとっては初めてのクリスマスツリーになるからね」彼は言った。「きみの意見が聞けるとうれしいんだが」

「店にはどんなものがあって、あなたの好みがどんなものか見てみましょう」ティアは提案した。

実のところ、彼はどんなオーナメントでもよかった。それでも、ジーナがサプライズのクリスマス・ディナーの食材を準備できるよう、ティアを屋敷に近づけないでおく必要がある。だから彼はいろいろな種類に実際よりも興味があるふりをした。ティアに指図するばかりではうまくいかない。軍隊時代から、彼のチームの一人一人が物事に関わっていると思わせ、彼らの話に耳を傾けてやれば、彼のために職務以上の働きをしてくれるとわかっていた。

二人で一緒にするんだ。それぞれのためを思って。だからティアはアントニオが王家の意志を押しつけるのではなく、彼女の話を聞き、一緒に働きたいと望んでいるのだと確信するだろう。アントニオは彼女に自分たちがよいチームだと証明すればいい。そうすれば、ティアは彼との結婚を受け入れ、赤ん坊が彼の庇護《ひご》を受けることに同意するだろう。

ツリーの明かりが決まると、二人は飾りを売る店へとそぞろ歩いた。アントニオはティアが買うのを見送ったものや、気に入りそうなものに細かく注意を払った。最終的に、ティアは銀色と青のクリスマスボール、線条細工の銀色の星、青いティンセル、ツリーのてっぺんに飾る大きな銀色の星を選んだ。

ティアはガラスのクリスマスボールを売っている店のそばで立ちどまった。ボールの中には山の絵と〝ピッコ・インネヴァート　２０１９〟の文字が刻まれた特別なものがあった。

ティアは両親やネイサンと一緒に毎年新しい特別な飾りを一つ選ぶ、と言っていなかっただろうか。

彼女の表情からそのガラスのボールが本当に気に入ったのだと確信した。同時に、小さな飾り一つに大金をかけすぎだと思っているのもまた確かだった。

「僕が買ってもいいかな……？」彼はためらい、ティアのためにこれを買うと言えば、彼女はいらないと言うとはっきりわかった。だが赤ん坊のためにと言えば……。「赤ん坊のために」彼はそう言った。

ティアはうなずき、その目が突然涙できらめいた気がした。まさか。彼はティアを動揺させるつもりはなかったのに。「大丈夫か?」彼は尋ねた。

「ええ、ただ、ちょっと……」ティアの家族の伝統はもう二度と戻らない。彼女の兄がもういないからだ。アントニオにはその気持ちがよくわかった。

「新しい始まりだ」彼は優しく言った。「僕たちはこのクリスマスをネイサンや父とわかち合うことはできない。だが、ほかの人たちとわかち合える。僕の異母姉、僕たちの赤ん坊と」

「そうね」ティアは言った。すると今度は涙がひと筋、本当に頬に流れ落ちた。アントニオは親指の先でそれをぬぐった。おかしなことに、そんなちょっとした触れ合いで彼の中にかすかな欲望がきざした。

彼はもっと注意する必要がある。ここで問題なのは彼の気持ちではなく、正しいことをすることだ。二人これは名誉なことであり、彼の義務でもある。二人は同じ方向を見ているかもしれないと、彼は思い始めている。ティア・フィリップスは彼に、これまで感じたことのないさまざまな感情を抱かせた。それは彼を落ち着かない気分にし、同時に、ティアの何が彼の本能を奮いたたせるのかもっと知りたくなる。守ってやりたいと思う保護本能と欲望を……。

アントニオはこの感情をなんと呼んでいいかわからない。少なくともそれを認める心の準備がまだできていない。それでもティアのそばにいたい気持ちは自分にもわかる。彼の過去の交遊関係とは違うし、あれは厳密には戯れで、その場限りのものだった。彼はそれ以上のものを求めていた。ティアが彼の人生にもたらす温かみと心地よさをすべて求めていた。

ツリーの飾りの店を見終えると、彼は昼食は村のカフェでとろうと言ってティアを引きとめた。支払いは彼がするとはっきり言ったのに、ティアはメニューの中で一番安いものを選んで、彼は心を痛めた。ティアは彼のもてなしを受けて当然なのに。だが彼にははっきりわかった。ティアは自分の独立心に傷がつくと思ったに違いない。

ようやく携帯電話が音をたててメールの着信を知らせた。こっそり目をやるとほっとしてジーナのメッセージを読む。〈準備完了。七面鳥は冷蔵庫です。ロースト用にアルミホイルをかけてオーブンに入れてください〉調理時間と加熱温度も書き添えてある。

これで〝ティアの説得作戦〟が本格始動する。

ティアが化粧室に向かうとすぐ、彼はジーナにメールを返した。〈ありがとう〉

アントニオは感謝の気持ちをちゃんと伝えたくて、午後にジーナに花を届けるよう手配した。王族の滞在中、屋敷を見守り、彼らの要求に応えるのがジーナの仕事とはいえ、急な頼みにそれ以上の働きをしてくれた。どんなにうれしいか知ってほしかった。

屋敷に戻ると、アントニオはティアに尋ねた。

「ツリーをどこに置きたい？」

「王室の別邸なのだから、あなたが決めて」

「二人のクリスマスだ。きみの望みを言ってくれ」

「サンルームに置けないかしら」ティアがきく。

彼はティアがそう言うのを半ば予想していた。そこからの眺めをティアがどんなに気に入っているか知っていたからだ。「もちろんさ」彼は言った。

買ってきた飾りをティアが出している間に、アントニオはクリスマスツリーをサンルームに立てた。

そして飾りつけをティアに任せたことが今後の進むべき道となるかもしれないと思った。なんでも自分の思いどおりにはしないと、彼はティアに示したつもりだった。「きみはこれをどうしたい？」ティアがそばに来てツリーを見あげると、彼は尋ねた。

「まずは明かりね。ちゃんとつくか確かめないと」

彼は笑みを浮かべ、明かりのプラグを差し込んだ。

「万事問題なしだ」

「では、ツリーのてっぺんから始めて、枝の内から外へと飾りつけをしながら下に向かっていくといいわ。明かりはツリーの両側に立って互いにまわし合っていくのが一番簡単ね」ティアは言った。

飾りつけを終えると、ティアはツリーの明かりをつけ、まわりを歩いた。「すごいわ。暗いところも隙間もない。これで、てっぺんに星が飾れるわ」

「最後にそれをするんだな」彼がきく。

ティアはうなずいた。「母はまず上から下へと作業をするように言ってたわ」切なげにほほ笑む。「ネイサンと私は交代でてっぺんに星を飾って、父が私たちを持ちあげてくれた。ネイサンが十二歳になって背が高くなってからも。でも父を亡くしたあと私たちは大きくなりすぎて、母には持ちあげられなくて、私たちは椅子の上に立って飾ったものよ」

もし彼がティアを持ちあげたら、彼女はどうするだろう。あとずさりをするだろうか。それとも彼の腕の中に身を任せてくるだろうか。どちらの選択肢も彼には悩ましかった。それに、二人には未来があるとティアに示したかったが、彼が強引にそうしようとしているとティアには思われたくなかった。彼女もまたそうしたいと望んでほしかった。

アントニオはティアを見た。「どうする、椅子か、それとも……」ティアは彼を選ぶだろうか、それとも安全な選択をするだろうか。

「椅子を」ティアは言った。

安全な選択だ。ここは身を引くべきだ。「椅子を」彼は繰り返し、一脚持ってきた。「それでも、僕の肩に寄りかかってバランスを取るといい」

ティアはほほ笑んだ。「今おなかを蹴られたことからして、誰かさんもあなたの意見に賛成みたい」

「よかった。僕たちの赤ん坊は頭がいい」軽く言う。

椅子にあがるとき、ティアがバランスをとるために彼につかまるだけとわかってはいても、彼は一線を越えないように注意した。ティアの手が肩にセーター越しに置かれただけで肌がかっと熱くなる。彼が本当にしたかったのは、ティアの体に腕をまわし、腹部のふくらみにキスをし、椅子から抱えおろしてティアにキスをすることだった……。それでも彼は自分を抑えていた。ただ、じっと。

ティアが椅子からおりると、彼はティンセルのガーランドやクリスマスボール、雪の飾り、そして最後に赤ん坊のために特別なガラスのボールをティアを手伝ってつけた。再び彼の手がティアの手に触れると、彼は今度はティアのほうを向き、彼女の唇がわずかに開いて、瞳が見開かれているのがわかった。

彼は身を乗り出し、ティアの唇に口を近づけた。

ティアは一瞬、アントニオの視線を受けとめ、彼の口もとに目をやり、また顔をあげた。ティアが目を閉じると、彼の鼓動が速まった。今だ……。

アントニオが二人の間の距離をつめようとしたとき、携帯電話のアラームが鳴り響いた。

ティアは目を開け、衝撃に打たれて彼を見つめた。なんというタイミングだ。「すまない」アントニオは言った。「予定がつまっていた」

「予定？」

「ああ、キッチンでひと仕事あってね」

これでうまく逃れられると思ったが考えが甘かった。ティアはキッチンまでついてきた。「ここで何かするために電話にアラームをかけておいたの？」

「ああ。説明しないと納得しないだろうから言うが、七面鳥をオーブンに入れないといけないんだ」

「七面鳥？」

「今夜食べる七面鳥だよ。僕がディナーを作る」

「あなたがクリスマス・ディナーを作る？」ティアは繰り返し、驚きに目をぱちくりさせた。

　そうとも。プリンスだからといって何もできないわけじゃない。自分で服だって着る。王族が従者やメイドを必要とする時代ははるか昔に終わっている。現に昨夜は彼がティアのディナーを作った。「僕だって料理ができる」気分を害したように言う。「携帯電話のアラームを使えば、いつオーブンに入れるか、いつチェックをして取り出すかわかるんだ」

「あなたがクリスマス・ディナーを作るのね」もう一度言い、今度はほほ笑む。「本当に予想外だわ」

「完璧なイギリス伝統のクリスマス・ディナーというわけではなく、無国籍料理なんだ」彼は言った。

「カーサヴァッツレでは伝統的にクリスマスイブに魚を食べて、料理は八品か九品のコースになる」

「そんなに食べられるかしら」腹部をなでて言う。

「中にはスパイシーなものもあるので無国籍料理にした。ネイサンが七面鳥とつけ合わせ料理の話をしていたのを覚えてるから、それを作るよ。ひと皿目はバッカラといってタラの塩漬けを水で塩抜きしてから作るんだが、そんな時間はないので、代わりに伝統的なニョッキにセージとバターのソースを添えたものを作る――もっとも自家製でなくデリカテッセンで買ったものだが。そしてイタリアン・プディングだ。イギリスの伝統的なクリスマス・プディングを入手するには空輸するしかなかったからだが」

　ティアは眉をひそめた。「空輸？　そんなのばかげてる――お金のむだ遣いよ。そのお金でもっといいことができるでしょう」両手を広げてみせる。「村の人たちのために何かよいことができるわ」

「そう言うと思った」彼は言った。「だからプディングの空輸はやめてフリッテッレ――揚げたクリスマス・ドーナッツを作る。だが、きみは僕の予定を遅らせている。五分でいいから黙ってくれないか」

　ティアは何か言いたげな顔をしたが、うなずいた。

　彼は冷蔵庫から七面鳥を取り出した。

「大きすぎるわ！」ティアは抗議した。

彼女は五分も黙っていられないのか。「クリスマスの七面鳥が大きすぎるのがそんなに問題なのか」そう尋ねながら、七面鳥をオーブンに入れる。

「二人ではとても食べきれないわ。たとえジャコモを誘って今夜一緒に食事をしても」ティアは言った。「それに、これをどうやって手に入れたの？　今朝、ミルクを出したとき冷蔵庫にはなかったけど」

「僕たちがカフェにいる間にジーナに電話をした」彼は認めた。「彼女がこれを用意してくれたんだ」

「だったらジーナをクリスマス・ディナーに招待したら？」ティアが提案する。「家族はいるの？」

「ああ、夫と二人暮らしだ。子供たちはもう大きくなって、ここではなく首都のほうに住んでいる」

「ではディナーは五人でということね」思いをめぐらせている。「あの七面鳥は十二人分はあるけど」

「残り物を翌日食べるのも伝統ではなかったかな」

「まあ、そうね」ティアは認めた。

「それなら五人でいいね。僕がジャコモとジーナと彼女の夫を招待しよう」

「家族のクリスマスらしくなったわね」ティアは切なげな表情で、アントニオは何が欠けているか気がついた。家族だ。彼は自分の家族をティアに会わせていない。彼女が結婚に同意するまでまだだめだ。だが、ティアの家族を招待することはできる。

「そうだな。きみのお母さんにも来てもらおう。十分あれば手配できる。フライトまで待たなくていいようにプライベートジェットを出そう。ロンドンの空港へは車を、ここに来るのにもう一台手配する」

ティアは唇を噛《か》んだ。「それはうれしいけど、長旅は母をひどく疲れさせると思うわ」

「頼むよ、ティア」優しく言う。「何が望みだ？」

「あなたの計画はとてもいい考えだと思う」

「だが、もっと大勢で、本当の家族のクリスマスのようなものがいいんだな？」

ティアはうなずいた。「それにディナーの準備も手伝いたい。たとえ携帯のアラームが何回も鳴って、あれこれ指図されてでも」口もとをゆがめる。「でも、私も予想しておくべきだったわ。ネイサンも軍隊ふうに正確になんでもやりたがったから」

「そのほうがうまくいく」彼は言った。

ティアはにっこり笑った。「野菜を切るときはみんな同じ長さにそろえるのかしら。長さを確認するのにナイフラックの横に巻き尺が置いてあるのね」

ティアの瞳がかすかにきらめいているのがわかって、アントニオはそれに応えずにいられなかった。

「僕に巻き尺が必要だと言ってるのか？」

「そうなの？」ティアは顎をあげた。

そのとき、ティアはキスできそうなほどアントニオに近づいていた。彼がほんの少し頭をさげてくるだけで、唇がティアの唇に触れそうだった。だがそのとき、彼にはティアの瞳をパニックの色がかすめるのが見えた。まるで、からかいがいきすぎて、まったく別の何かに変わってしまい、その何かにはまだ心の準備ができていないかのように。

これはティアを追いつめるためでなく、打ち解けてもらうためにしていることだった。ティアを知るためであり、ティアにも彼を知ってもらうためだった。だから彼はそこで身を引いた。「僕たちがちゃんと下ごしらえもせず、野菜をどう切るかについて話して時間を過ごしていると」彼は努めて軽い口調で言った。「僕たちのディナーの招待客に明日まで待たないと食べてもらえなくなる」

「そうだったわ」ティアは言った。

「まず僕からジーナに電話して、ジャコモにも話をする。それから一緒にディナー作りにかかろう」

ティアはこんなことになるとは予想もしなかった。

アントニオ・ヴァレンティのまったく違う一面を見る気がした。彼はティアがひどく恋しがり、心から切望している家族のクリスマスをティアに提供しようとしている。堅苦しさもなくなり、村長や重要人物を呼んだりすることにもこだわらず、ティアや家政婦、セキュリティ責任者と一緒に食事をするだけでいいという。彼はティアが言った、クリスマスはただお金をかけるためのものではなく、みんながともに過ごすためのものだと理解してくれた。

だからたとえティアが彼との結婚に同意し、子供に彼の名を与えることに同意しても、ティアは彼との完全に愛のない結婚には縛られないかもしれない。アントニオは彼女に必要なものを与えられると示そうとしているのかもしれない。彼はティアを愛することを学べるし、ティアは彼を愛することを学べると。ひょっとしたらこれでうまくいくかもしれない。

アントニオはディナーの招待客に連絡すると、野菜類にフライパン、さらによく切れるナイフを取り出した。「よし。かりっとローストしたポテトにパセリ、ニンジン、芽キャベツに赤キャベツ。チポラータ・ソーセージはベーコンで巻けばいいし、詰めものは――分けて調理すればいい。ほかには？」

「それで十分だけど、クランベリーソースは？」

「そうだな。自家製ではないが、瓶入りがある」

「瓶入りでいいわ。グレイビーソースは？」

「思うに」彼が注意深く言う。「グレイビーはきみに任せたほうがいいかもしれないな」

「人任せにできるのね？」ティアが笑みを浮かべる。

アントニオは咳《せ》き込んだ。「きみの兄さんが言っていた鍋とケトルのことわざを信じるよ」

ティアは笑った。「そうね。鍋がケトルを煤《すす》で黒いと言ってもしょうがない。自分を棚にあげて人を笑うなって意味ね。一理あるわ。私も人任せは苦手だから」ネイサンの話題が出るとティアは目頭が熱くなった。「ネイサンがいてくれたらいいのに」

「僕もだ」アントニオは認めた。

「思ったのだけど、私たちの赤ちゃんが本当に男の子なら、ネイサンと名づけたらどうかしら――私の兄と父にちなんで。そしてミドルネームはヴィンチェンツォはどうかしら、お父様にちなんで」

「それで完璧だ」アントニオは言った。

赤ん坊のラストネームはヴァレンティだろうか、フィリップスだろうか。その点については二人はまだ合意していなかった。それでもこれは正しい方向に向けての第一歩だと、ティアは思った。二人は一致点を見いだし始めたばかりだった。

招待客が着く前に、ティアはシャワーを浴び、ジーナが用意してくれた、かわいいドレスに着替えた。

「すてきだよ」アントニオが言う。

「ありがとう」ティアは応えたが、すてきなのは彼も同様で、白いワイシャツに美しくカットされたダークスーツ、控えめなシルクのネクタイがかえって魅力を引き立てている。靴は軍隊風にぴかぴかだ。

でも戦士のプリンスが、いらだったりせずに根気よく赤ちゃんに接してくれたりするだろうか。

ティアはそんな疑問を脇に押しやった。今はまだいい。彼はティアのために大変な努力をしてくれた。そのことに不満のあるはずがなかった。

招待客が到着し、アントニオはティアをジーナと夫のエンリコに紹介した。「お会いできてうれしいわ」ティアはジーナを抱きしめた。「すてきな服を探してくれてありがとう。ご親切にしてもらって」

「どういたしまして」ジーナも抱きしめ返す。

招待客が席に着くと、ティアはアントニオを手伝って最初の料理を出し、メインの料理まで給仕した。ティアは自分がどんなに楽しんでいるかがわかって驚いていた――そして、プリンス・アントニオがどんなにリラックスしているかも。

今こそ彼に尋ねるのにいいときかもしれない……。

「明日の予定は？」ティアはきいた。

「散策に出かけてはどうかな。もしよければ、山々の奥までドライブできる」彼が提案する。

「もっといい考えがあるわ」ティアは言った。「今朝カフェに行ったとき、明日の午後、村人たちが子供たちのためにクリスマス・パーティをすると話していたのを聞いたんだけど」

「村のコミュニティホールで毎年パーティがあるのよ」ジーナが説明する。「村のスクオーラとアジーロに通う子供たちのために──小学校と幼稚園ね。私もキアラとマッテオがパーティに行く年齢のときは何年か手伝ったわ」ジーナがほほ笑む。「基本は十一歳以下の子供たちのためのパーティで、ダンスやゲーム、パーティ料理を楽しんで、もちろん、バッボ・ナターレが子供たちにプレゼントを渡すの」

「サンタクロースね」ティアは言った。「でも、今年それをするはずだった人がスキーで足を骨折したばかりで、今はできないそうよ」

アントニオは戸惑い顔だった。「どうしてそんなことを知ってるんだ？」

「今朝、主催者の二人が化粧室で話しているのを耳にしたの。代わりのサンタクロースが見つからないそうよ」ここからが肝心だ。「それで思ったの。あなたに参加して助けてもらえないかと」

「僕が？」ひどく動揺した様子だ。まるでチャリティの資金集めに人前で服を脱げと言われたみたいに。

彼は自分の命を危険にさらすかもしれない。ティアの兄のように。任務のために。でも王家の地位を危険にさらすのは明らかに別問題だ。この一歩を踏み出すのは大変だろうか。それでもティアは続けた。

「あなたは衣装とひげを着けて、ウエストに枕でも巻けば、ふっくらしてサンタクロースになれるわ。あとは〝ホ、ホ、ホー〟と何度も言って、子供たちにプレゼントを渡せばいいのよ」

サンタクロースの格好をする。アントニオはそれがどういうことか理解しようとした。王族がするようなことではない。それに彼は子供たちとさほどつき合いのないまま過ごしてきた。軍関係の遺児たちのための慈善団体の後援者であるにもかかわらず。子供たちがどんな反応を示すか想像もつかなかった。

そうは言っても、彼は三カ月後に自分の子供が生まれる。あらゆる機会を利用して、赤ん坊や子供に慣れるようにしたほうがいいかもしれない。

ティアなら母親になるのはごく自然なことだろう。アントニオは思った。彼にはティアがコーヒーショップでぐずる幼児を絵本や塗り絵でなだめているところが容易に想像できた。小学校の教師になる夢を中断せざるをえなかった彼女が、子供たちのパーティに興味を引かれるのも理解できた。

ティアは彼にこれをやってほしいのだ。

そしてそれは二人ならきっとうまくいくし、彼はよい夫にも父親にもなれると証明する彼の作戦をさらに前進させることになる。

アントニオは深く息を吸った。「わかった。やってみよう。ジーナ、パーティについては知ってるだろうが、主催者について何か知ってるかい？」

「それなら私が答えられそうよ」ティアは言った。「食事中に不作法だけど、最新技術を使わせてもらうわね」ティアは携帯電話を取り出し、写真を見せた。「カフェに貼ってあったポスターよ。主催者の連絡先がここにあるわ」

「シニョーラ・カペッリだな」観光客相手の村人は英語で対応できるが、子供たちのクリスマス・パーティは地元の住人向けだろうから、会話はおそらくイタリア語になるだろう。「きみはイタリア語は堪能か、ティア？」彼は好奇心に駆られてきいた。

ティアはうなずいた。「ジョヴァンニとヴィットリアは、働いてるカフェの店主夫妻で、ナポリ出身よ。だから何年もかけて二人から徐々に学んだわ」

彼はティアを見つめ、イタリア語に切り替えた。

「僕がサンタを演じたら、喜んでくれるかな?」

ティアは少し間を置き、正確な言葉を探しているようだ。「ええ《シ》、とてもうれしい《モルト・フェリーチェ》わ」彼女は言った。

アントニオは笑みを浮かべた。「では、きみのために」英語に切り替えて言う。「やってみよう。ジャコモ、僕が電話して手配する。きみは……」

「警備面の強化ですね? もちろんです」セキュリティ責任者は笑顔で言った。「殿下なら、きっとすばらしいサンタクロースになれますよ」

アントニオはやってみることにした。「すまない。きみが言ったように、ティア、食事中に携帯電話は不作法だが、ちょっと電話をかけさせてもらう」

数分後、準備はすべて整った。

「僕が助けになれると言ったら喜んでくれた」アントニオは言った。「だが僕にこの役を勧めてくれたのはきみだと言ったら、きみもパーティに来てほしいと言っているんだが」

「行きたいわ」ティアは言った。そしてその瞳に宿るこの上ない喜びに、アントニオは胸に奇妙な感覚を覚えた——心の内で何かがはじけたようだった。

みんなでアントニオが昼間に時間をかけて用意した新鮮な果物とクリスマス・フリッターを食べると、彼はみんなを居間に案内しようとした。

「もちろん片づけが先よね?」ティアがきく。

「いや、あとでいい。今夜は楽しもう」アントニオは言った。「このまま居間に行こう」

みんなで言葉を身ぶりであてるジェスチャーを、半分英語、半分イタリア語で何度か楽しんだ。それからアントニオは、その日早めに配達してもらった箱を一つ取り出した。中にはカズーを使った音楽のゲームが入っていた。ティアが彼にとてもおもしろかったと話したものだ。アントニオが箱をテーブルに置くと、ティアの目に涙が光った。

彼がティアに寄りそった。「今日届くようにネットで注文した。いけなかったかな?」優しく尋ね、彼女の手を取る。「きみの好みでないなら、ゲームをする必要はない。気を悪くしたのなら、すまなかった。そんなつもりじゃなかったんだ」

「いいえ、本当に優しいのね」ティアはこみあげる感情をぐっとこらえた。「両親とネイサンと一緒に遊んだすばらしい思い出があって、今度はあなたたちと遊んだすてきな思い出が持てるんですもの」

彼はこれをただの思い出にしたくなかった。新しい伝統の始まりにしたかった。だがどう伝えたらいいかわからず、ただぎこちなくティアの手を取った。

「お茶にしない?」ティアは言い、脇腹を押さえた。

「笑いすぎて、ひと休みしたいわ」

「手伝うわ」ジーナが言った。ティアのあとについてキッチンに入ると食洗機に食器を入れた。その間にティアがケトルで湯を沸かし、カップとティーポットをトレイに載せる。ジーナはティアにウインクした。「プリンスは明日片づけると言ってたけど、男が食洗機にちゃんと食器を入れたためしがない」

「ヴィットリアも仕事中、ジョヴァンニのことをそう言ってたわ」ティアは笑みを浮かべて言った。ジーナは、すっかりくつろいで居心地よくしているアントニオのことが、ひどく印象に残ったらしかった。

「プリンス・アントニオとは長いつき合いで、まだ幼いころ、ご家族とこの別邸にいらして以来です」

ジーナは言った。「でも、大人になって、あんなにくつろいでいる姿を見たのは初めてです。私は質問できる立場ではありませんが、ひょっとして……」

ジーナはティアの腹部に、はっきりと視線を向けた。

ティアはジーナの一番の関心事がアントニオだとよくわかった。「ええ、彼の子供です」ティアは鼻にしわを寄せた。「でも複雑な事情があって」

「彼の人生には愛が必要なのよ」ジーナは優しく言った。「ヴィンチェンツォ国王は二人の男の子にはいつもとても堅苦しかった。マリア王妃はそうでもなかったけど、それでもいつも少しよそよそしかったし、ここでも二人は子供らしい時間を過ごしたことがなかった。あなたと赤ちゃんはプリンス・アントニオによい影響を与えると思うわ」そこで口に手をあてる。「差し出がましいことをごめんなさい」

「ちっとも」ティアは安心させた。「あなたがプリンスについて言ったことは、ひと言も話さないわ」

そんなことは思ってもみなかった。プリンスは何もかも恵まれた人生だとは限らず——ティアの愛情と赤ん坊が彼への贈り物になるかもしれないと思いはしても。でも、そう考えれば考えるほど、彼が

“お金持ちのかわいそうな少年”のように思えてきて、二人の立場は完全に正反対だと思えてくる。ティアは経済的にも社会的にも彼よりはるかに貧しいかもしれないけれど、愛情と家族についてはティアのほうがはるかに恵まれている。

でもティアと赤ん坊だけで彼には十分だろうか。なぜなら、アントニオが今日はるかに身近に感じられ——王族の仮面の背後にいる男性とほとんど恋に落ちかけていても——彼がティアのことを同じように感じてくれているとは限らないからだ。アントニオには王族の義務がすべてで、ティアには愛のない人生が送れるとは思えない。彼がティアと結婚するのは、ただそうするのが正しいと思ったからだけだったとすれば、彼はティアと赤ん坊を愛せるようになるだろうか。そしてティアは自分たちの言動がすべて国民の目にさらされているような世界で、本当に生きていきたいのだろうか。

5

アントニオがキッチンで食器の片づけをほぼ終えたとき、彼の携帯電話が鳴った。

誰がこんなに夜遅くメッセージを送ってきたのだろう。何か重要な案件に違いないと思い、携帯を手に取ると、兄のルカからメッセージが届いていた。

〈明日、メディアに衝撃が走る前に知っておいてもらおうと思って〉メッセージには報道発表用のプレスリリースが添付されていた。アントニオは目を通し、一つ息をついた。それによると、DNA鑑定の結果、ガブリエッラがヴィンチェンツォ国王の長女であることが証明され、王室はルカではなくガブリエッラが即位すると発表したいとのことだった。ルカは皇太子の座にとどまり、女王の治世が始まると同時に、姉を支えるようになる。

アントニオにはわかった。このニュースがメディアに伝わるや、すぐに新聞各紙の一面を席巻するだろう。そして可能な限りすみやかに王宮に戻ることが求められる。それはつまり、ティアとの即興の逃避行にも時間が尽きかけているということだ。

公務のためにはすぐに飛行機で戻らねばならない。だが彼は村の子供たちのクリスマス・パーティで、サンタクロース《バッボ・ナターレ》役をすると約束していた。

主催者側は彼が土壇場で抜けることに理解を示してくれるだろうが、このニュースを聞けば彼らを混乱に陥れることになる。アントニオ・ヴァレンティは約束を守る男だ。子供たちや村人を失望させたくなかったし、何よりティアを失望させたくなかった。

彼はティアを三度目も見捨てるつもりはなかった。

アントニオは携帯電話にメッセージを打ち込んだ。

〈最新情報をありがとう。二、三日で戻る。そっちに戻る前にこっちですることがあるんだ〉

直後にメッセージが返ってきて、彼は驚いた。

〈秘書官のマイルズはティアが何者か教えてくれたが、それ以上は教えてくれなかった。おまえのオフイスの誰かが、彼女は妊娠しているようだと言っていた。おめでとうと言ってもいいのかな?〉

ああ。ティアはとても小柄で、腹部のふくらみは誰の目にも明らかだ。もちろん王宮では噂《うわさ》で持ちきりだっただろう。たとえマイルズが周囲に話さなかったとしても、妊娠した女性がプリンスに会いに来て、その結果、彼が姿を消したのだから。ほかに考えようがないだろう。〈母上は知ってるのか?〉

〈僕は何も言ってない。おまえが戻ってきて話す必要があると思う〉もちろんだとも。アントニオもわかっている。〈メディアがこっちの出来事に目を向けていてくれればいいんだが。そっちをうまく切りあげて、できるだけ早く戻ってきてくれ〉

〈ありがとう。そうするよ〉

アントニオはもうこのくらいでルカが話を切りあげるだろうと思ったが、再び携帯電話が鳴った。

〈そっちから雪は見えるか?〉

もちろん兄はアントニオがどこに行ったか察している。アントニオはそんなことはないとずっと自分に言い聞かせてきたのだが。ピッコ・インネヴァートにはいつも困難な任務のあと、ひと息つける場所を求めて訪れている。〈ああ、見える〉

〈クリスマスらしくていいな〉

アントニオは危うくメールを返しそうになった。〝おまえは何者だ、僕の兄はどうしてしまったんだ〟と。それでも実際、今回だけは兄が父のようによそよそしくはないと感じられただけでもよかった。

〈そうなんだ。屋敷にツリーを飾ったよ〉それでも、子供たちのクリスマス・パーティでサンタクロースをするのを、ルカが理解してくれるかどうかはわからなかったが。重大発表が行われるときでなくても、本来なら王宮に戻って家族を支援しなければならないのに。〈そっちに戻るときメールを送る〉

〈幸運を祈る。ティアとうまくいくといいな。おまえを愛する人が見つかるなんて――特別なことだ〉

そのとき、ようやく理解できた。

ルカは変わった。クリスタル・レイクにガブリエッラに会いに行ってから、兄は変わった。そしてアントニオはイモージェン・オルブライトがそれに大いに関係があるのではないかと、はっきり確信した。ルカはあそこで彼女と出会い、婚約した。

兄は恋に落ちている。そしてその恋が、兄のいつものよそよそしさを少しずつ変えていったのだ。

アントニオにとって、兄が彼の恋に幸運を祈るとまで言った事実は、理解を超える出来事だった。

とはいえ、彼には幸運が必要だとわかってもいた。ティアには愛してもらえないまでも、少なくとも赤ん坊の母親とは良好な関係を築く必要があった――彼の子供はまぎれもなく王位継承順位が四位となるのだから。〈僕にとっても、そうなんだ〉彼はそう返事を入力したが、そのメッセージを送らなかった。

翌朝、アントニオは携帯電話で主要なニュースサイトをチェックした。どこもガブリエッラの衝撃的な記事があふれている。長く音信不通だったカーサヴァッレのプリンセスが女王に即位するというもので、ごく少数のサイトには、プリンス・アントニオが王宮に不在で、所在を確認中との報道があった。

ありがたいことに、ピッコ・インネヴァートの村人はいつも王族の立場を守ってくれ、誰一人としてアントニオをメディアに売ったりしないとわかっている。ティアに結婚に同意させ、彼女と赤ん坊を自分の保護下に置くまで、注目を集めたくはなかった。

彼は滞在を延ばすメッセージを、母とガブリエッラとマイルズに送った——今朝、三人からメールが届いていたからだ——その中で彼は明日には戻るが、その前にしなければならないことがあると伝えた。そんなメッセージでは曖昧で、間違いなく三人を怒らせるとわかっていたが、彼は軍隊で正しいことは正しい順序で行う必要があると学んできた。この場合、ティアが最初に来るべきだった。

ティアが階下におりてくると、彼は朝食を作った。今は王宮の政治問題で彼女に心配をかけるときではない。「きみの助言が欲しいんだが」

「私の助言？」驚いた様子だ。「何について？」

「子供たちのパーティさ。僕の専門から少し外れている」それでは控えめだ。「公務で子供たちと接するのはまれで、慈善団体の後援者としても——子供たちより基金の調達者たちとの活動が多い」

「どうしたらいいかわからないの？」

「ああ。きみが働いてるカフェには家族連れも来るだろう」ティアの夢は小学校の教師だと聞いている。子供たちと遊ぶアイディアが何かあるだろう。

「ありのままのあなたでいいのよ」彼女は言った。「サンタクロースになってしまえば——もちろん衣装を着込むところは見られないようにして——ゲームに参加するようなものと思えばいいのよ」

「わかった」そんなに簡単なことなのか。だがこれはパーティなんだ。「パーティのためにもっとすべきじゃないかな。贈り物を買ったりもできる」

「クリスマスではお金や大量の高価な贈り物は重要じゃないわ。みんなと楽しい時間を過ごすのが大切なのよ。子供のころ——あなたは少し事情が違うと私にもわかるけど。でも、お兄様とゲームをするのがクリスマスの一番の楽しみではなかったの？」

昨夜はまさしく贈り物ではなく——楽しく過ごすことが大切だとよくわかった。彼が購入したゲームは、彼がティアに高価で貴重な宝石類を買うよりも、もっと大きな意味を持っていた。「そうだった」

「そうよね、それに」彼女は言った。「主催者の人たちがもうみんな準備をすませているわよ。もしあなたが入り込んで子供たちに贈り物を追加で買うと言ったら、主催者たちがすでにしたことでは不十分だと言っているようなものよ」

「そんなふうには考えもしなかった。王家の僕からすれば、もっと何かすべきだと思ってしまうんだ」

「お金よりも楽しく過ごす時間のほうがはるかに大切よ。誰でも贈り物は買えるけど、安易な解決法だわ。サンタの格好をして、はにかんだり緊張したりする子供たちに辛抱強く接することができる人なら誰でもいいってわけじゃない。お店に電話して大きな袋一杯贈り物を包装してもらうより、あなたがしようとしていることのほうが村人たちにはずっと喜ばれるわ。あなた自身でできるものを贈るのよ。クリスマス・パーティで子供たちが欲しがってるのはサンタクロースよ。あなたが今日それになるのよ」

ティア・フィリップスはごく普通の女性に見える。だがアントニオは、彼女がいかにすばらしいかわかってきた。「きみの言うとおりだ。子供たちが望んでいるのはサンタクロースだ」

王宮で何が起こっているか話すべきだとよくわかっていたが、特に明日ピッコ・インネヴァートを発《た》たねばならないと考えると、ティアがパーティを楽しみにしていると知っていたので、今日を台なしにしたくなかった。ティアには明日話せばいい。

パーティが始まる三十分前、彼とティアは村のコミュニティホールに行き、主催者に会った。

「本当にありがとうございます、殿下」シニョーラ・カペッツリが言った。

「村のためにお役に立ててうれしいです」アントニオは言った。「それで何をしましょうか?」

「衣装を身に着け、サンタクロースになって洞穴の中の椅子に座ります」シニョーラ・カペッリはそう言うと、ティンセルで飾られた椅子を指さした。椅子はさらにもっときらめくティンセルで飾られたアーチの下に置かれている。そして切り抜き細工で作られたクリスマスツリーは明らかに子供たちが色づけしたものだ。「子供たち一人一人を迎え、メリークリスマスとお祝いして、贈り物を渡します」

それならできそうだ。

「贈り物は私たちが袋に入れておきました。年齢別に分けてあり、子供たちを迎える前に、お手伝いの者があなたに子供たち一人一人の名前と年齢をお教えします」シニョーラ・カペッリは続けた。

「ありがとう」アントニオは言った。「とてもわかりやすい。僕の手伝いは誰かな？」アントニオはティアを見た。彼がサンタクロースに扮《ふん》すれば、彼女は妖精になる気はあるだろうか。

シニョーラ・カペッリは笑みを浮かべた。「ティアがよいかもしれませんが、見た目が少し……わかりやすいので」せり出した腹部か。もちろん子供たちはパーティの招待客がサンタと同じく、せり出した腹部をしていたら、すぐに気づくだろう。「テーブルのほうを手伝ってくれないかしら、ティア？」「もちろんです」ティアは笑顔で答え、ほかの手伝いの人たちを身ぶりで示した。サンタの帽子かトナカイの角をつけている。「お望みなら、喜んで帽子やトナカイの角をつけますよ」

「もちろん、角をお願いするわ」そこでシニョーラ・カペッリの表情が曇った。「殿下、失礼ですが、トナカイたちの名前は全部ご存じですか？」

「ルドルフ」彼は言ったが、あとが続かない。ほかの名前など聞いたことがない。ティアが笑った。

「心配ないわ――私が知っている。ダッシャーにダンサー、プランサーにヴィクセン、コメットにキューピッド、ドナーにブリッツェンよ」彼に名前を繰り返させ、正確に言えるまで教えていく。アントニオはティアがすばらしい教師になれると確信した。アントニオは衣装に着替え、ひげをつけた。「きみの言うとおり、詰め物が必要だな」

すかさずシニョーラ・カペッツリがクッションを見つけてくれ、ティアは角をつけると、大きな褐色の瞳にカールした黒髪で、信じられないほどかわいく見えた。彼を助けて体にふくらみをつけ、最後の仕上げをする。ティアは両手を腰にあて、後ろにさがると彼を点検した。「完璧ね」

こんなことをするとは百万年かけても思ってもみなかっただろう。ティアの目に涙が浮かぶなどとも。

「大丈夫か？」アントニオは尋ねた。

「ええ、ただ……こんなことまでしてくれてありがとう、アントニオ。子供たちのために尽くしてくれて」ティアは衝動に駆られ、彼を抱きしめた。すると、アントニオの張りつめた胸の真ん中で、何かが音をたててはじけるのがわかった。

彼が洞穴の中にあるティンセルの〝玉座〟に腰をおろすと――王宮にある本物の玉座とは比べものにならなかったが――子供たちがホールにつめかけ、彼に会う行列ができた。彼はサンタ役に忙しくて、ティアを気にかける暇がなかった。そして子供の一人に北極について質問され、そこで妖精たちはどうしているかときかれると、とっさに答えていた。

「妖精たちは子供たちに渡す贈り物を作って、くるむ手伝いをしてくれるのさ」彼は答えながら、罪滅ぼしに心の中で指を十字に重ねていた。

別の子供にはトナカイについてきかれ、ティアが正確な名前を頭にたたき込んでくれたのに感謝した。

どの子供もサンタクロースの贈り物に感激しているようだったが、アントニオがティアの言っていた〝クリスマスは贈り物が大切なのではない〟という言葉が正しかったと気づくのに時間はかからなかった。今日は一緒に過ごす時間と愛情と優しい心遣いが何よりだ。子供たちの笑顔に心が温かくなった。

するとさな男の子が彼にニンジンを差し出した。

「ルドルフにプレゼントだよ」男の子は言った。

「どうもありがとう」アントニオは言った。「ニンジンはルドルフの大好物だ。喜んで仲間たちとディナーでいただくよ」

七歳くらいの女の子はセロハンで包装し、リボンを結んだものを恥ずかしそうにアントニオに渡した。

「サンタさん、あなたは毎年私たちに贈り物をくれるけど」女の子は言った。「誰もあなたに贈り物をしないから私があげようと思って。マンマが今朝これを作るのを手伝ってくれて、私が特別なスプリンクルをトッピングしてラップをかけたの」

アントニオの喉に大きな塊がこみあげた。心のこもった小さな贈り物が信じられないほど特別なものに感じられる。これは心のこもったものだ。クリスマスの本当の意味を彼に教えてくれる。「きみはとても優しいね。とてもきれいだ。あとでミルクと一緒にいただくよ。どうもありがとう」

最後の子供に贈り物を渡すと、彼はみんなに手を振って別れを告げ、メリークリスマスとお祝いの言葉を贈った。そしてホールから出て、サンタの衣装に着替えた部屋へと向かった。やがてすべてをきちんとたたんでもとどおりにすると、ホールに戻った。

ティアが外で彼を待っていた。「大丈夫?」

「ああ。すばらしかった――自分の未熟さを思い知らされたよ」彼はふっと息をつくと、開いているドアロのほうにうなずいた。「あそこに黒い巻き毛で、青いドレスの女の子がいるだろう?」

「ええ」

「あの子が僕にクッキーをくれた。かわいいラッピングで、今朝、母親に手伝ってもらって、トッピングつきだ。特別に作ってくれたそうだ。誰もサンタにプレゼントをあげないからだと言って……」

ティアは彼を抱きしめた。その贈り物に彼がどんなに心を動かされたかは明らかだ。「クリスマスがどんなに大切かってことね。贈り物にどんな思いがこめられてるか、どんなに一人一人違っているか」

そのとき彼は自分がクリスマスに何を求めていたかはっきり知った。ティア、そして二人の赤ん坊だ。だがそれをティアにどう伝えたらいいかわからない。言葉が出てこず喉がふさがった。それでもティアが欲しかった。彼女が必要だ。赤ん坊と二人とも。

なぜそう言うのがこんなに難しいのだろう。なぜただ口を開いて言えないのだろう。〝ティア、きみを思うと頭がひどく混乱して言葉がうまく出てこない。でも、どうか僕と一緒にいてくれないか〟と。

だが、ここはそんな場所ではない。あまりに重要なことを、混乱する頭の中の思いをそのままぶちまけて台なしにするわけにいかなかった。

「パーティに戻ったほうがいいわね」彼女は言った。

子供たちはプリンスとティアに、ティーパーティへの参加も勧めてくれた——軽食のブルスケッタ、プチトマトにニンジンのスティック、チーズとハムのキューブ。そしてイタリア風の大きな薪《まき》の形のケーキ、トロンケッティ・ディ・ナターレ。

「チョコレートの薪の形《ユールログ》のケーキは大好きよ」ティアは笑みを浮かべ、ひと切れ受け取った。

二人は子供たちとダンスをし、ゲームも一緒にした——それはどれもがアントニオがこれまでしたことのないものばかりだった。それでもティアは、働いているカフェで似たようなことをした経験があるのか、子供たちと一緒に楽しんでいる様子だった。

そして彼も、ゲームからダンスまで、その楽しさに驚いていた。それはいつもと違う感覚で——村の一部になったようで、子供のときよりもはるかに、村の人々との一体感を心から味わっていた。

彼はそのとき、胸にわいてきた奇妙な感覚が幸せというものなのかと気づいた。ピッコ・インネヴァートの村で、子供たちとのパーティで、あるがままの彼が受け入れられていると感じた。よそよそしいプリンスとして見られるのではなく。軍隊でさえこんな感覚を味わったことはなかった。

ティアを説得するどころか、アントニオが実際にしていたのは自分自身を説得することだった。ティアはすばらしい人生とはどういうものか、家族の一員だと感じるのはどういうことか教えてくれた――それが彼の求めているものだった。子供たちと踊るティアの目がきらめき、顔が幸せに輝いているのを見ること。彼に向けてくる視線と彼の心をも歌わせる温かさをたたえたほほ笑みを見ること。キッチンの真ん中で彼らの子供と踊るとき、ティアのそんな表情を見たかった。格式ばった王家の日常からかけ離れた、家族だけのひとときを味わいたかった。

パーティが終わると、彼はティアと一緒に後片づけを手伝い、パーティの主催者全員と抱擁を交わし、村を歩いて屋敷へと戻っていった。

「今ならあなたが本当に後片づけを手伝ったのだと信じるわ」ティアは笑みを浮かべた。「ほうきをあんなにうまく使いこなすところを見せられたのだもの。例の軍隊風の正確さで――」

「ティア。そのジョークはちょっと笑えないな」

「でも、そうだったもの」ティアが言い、笑みが広がってにっこり顔をほころばせる。「あなたが床を掃くのを見ていると、芝刈り機で芝生をきちんと縞《しま》模様にしていく職人技を見るようだった」

彼はティアのおしゃべりをやめさせるのにキスをするべきか考えた。だがそれにはあまりにそそられて――心の平穏を危険にさらす。もし感情に任せて不適切なことを言ってティアを怖がらせてしまったら……。それに人目のある場所だ。屋敷に戻るまで待つべきだ。少し歩けば自分の考えや気持ちを整理するのに十分な時間も持てる。代わりに彼は言った。

「村の広場のクリスマス・マーケットは、夜になるとライトアップされてとてもきれいだよ」

ありがたいことにティアの気がそれて、彼にほほ笑みかけた。「いいわね」

そしてティアがおとなしく彼に腕を預けると――うわべではつまずいたりしないようにするためだったが、本当はティアを身近に感じていたい一心からだった。腕を預けられると、アントニオはまるで世界を征服したような気がする自分に衝撃を受けた。

店が並ぶ場所に着くと、ティアはスノードームを売っている小さな店の前で立ちどまった。興味を引かれるものがあったようだ――透明なクリスタルの星が一つつるされ、スノードームの中で揺れている。台座もクリスタルだった。ティアはそれを手に取り、褐色の瞳を喜びに輝かせた。だが台座の裏をよく見ると、残念そうな顔で、慎重にもとに戻した。

アントニオはティアがそのスノードームが気に入ったのだとはっきりわかった。だが値段を見て、自分には買えそうにないと悟ったのだ。アントニオはティアがプライドが高くて買えないとは認めないだろうとわかっているし、今すぐ買ってやろうと彼が言えば、恥ずかしさと気まずさに顔をしかめるだろう。だが、それをうまく避けられる方法がある。彼がティアに知られないように買っておいて、あとで渡せばいい。こっそりと。サプライズ・プレゼントとして。そしてなんの見返りも期待しないとはっきり告げる。彼はティアの背後に立って顔を見られないようにし、店の主人の視線をとらえ、そのスノードームを取っておいてくれと目で伝えた。店主はアントニオにウインクで応えた。

次の店で、ティアが母親のために、押し花があしられたアロマキャンドルを買うと、アントニオはその場を離れ、ティアが気に入っていたスノードームを取りに戻った。店主がそれを小箱に入れて包装し、深紅のリボンをかける。アントニオは小箱が目につかないようにポケットに入れた。あとでティアに渡せばいい。そのときは必ずやってくる。

アントニオはティアがキャンドルの店で買ったものを持ってやろうとしたが、彼がティアの手を自分の腕に引き寄せてバランスをとろうとしたとき、なぜか二人は手を取り合っていた。パーティで、ティアはプリンスのまったく新たな一面をかいま見た。

確かに彼は少し堅苦しかったし、後片づけを手伝ったときは大げさで、軍隊のパレードのように、ほうきを持って行ったり来たりしていた。それでもちゃんと手伝った。村人の一人であるかのように。カーサヴァッレの王位継承第三位の男性ではなく。そして子供たちとの接し方は……。ティアは彼がひどく堅苦しい育ちと知っていて、パーティでどう振舞うべきかティアに助言を求めたにもかかわらず、彼はあの場に溶け込み、子供たちが楽しい午後を過ごせるように最善を尽くしていた。子供たちに囲まれ、笑い声をあげてゲームを楽しむ彼を、ティアは携帯電話でこっそり写真に撮っていた。

その姿にティアは将来への希望を感じた。目にした光景から、ティアはアントニオが温かく愛情深い父親になれると確信した。彼は育った環境から脱け出し、ありのままの彼になれる。その手助けができるのはティアなのだと。自分なら彼の心を解き放てると思えるのはすばらしいことで、本当に特別なことだった。たとえ、そんな役割は果たせないのではないかと、おびえる気持ちはあったにしても。それでも赤ん坊のために——彼ら自身のために——自分ならできると気持ちを強く持たなければならない。

玄関ドアへと続くポーチの階段をのぼる途中で、彼は立ちどまった。「なんなの？」ティアは尋ねた。

「何が見える？」アントニオがきく。

「玄関ドアだけど。クリスマス・リースね」一緒に買った赤銅色のリースで、ルナリアの白いドライフラワーがあしらわれている。「ドアの両脇のツリーには豪華なイルミネーションが輝いてるわ」完璧な円錐《えんすい》形に剪定《せんてい》された西洋イチイのツリーで、正確無比な長さと形で切りそろえられている。

「そして？」彼はさっと上を見あげて、ティアが見るべき場所を指し示した。

「ヤドリギね」ティアは息をのんだ。彼はあれで伝えたいことがあるの……？「イタリアにはヤドリギにまつわる伝説があるの？」かすれる声で尋ねる。

彼はうなずいた。「イタリアではヤドリギの下でキスをするのは大晦日《おおみそか》なんだが、きみはイギリス人だから、イギリスの伝統に従おうと思ってね」


つまりクリスマスにヤドリギの下でキスをするということだ……。二人で屋敷にクリスマスの飾りつけをし、クリスマス・ディナーを作った。これはひと足早いクリスマスで、ヤドリギもその中に入る。

だから彼が頭をさげてキスをしてきても、ティアはあらがわなかった。彼のキスは温かくて甘く、巧みだった。ティアは身を寄せ、彼の髪に両手を差し入れて引き寄せた。アントニオがティアを両腕に包み込み、強く抱きしめてキスを深めると、ティアはめまいがした。突然、続けざまにティアの腹部が蹴られたのがわかり、彼は唇を離すと声をあげて笑った。「誰かが僕たちに言いたいことがあるらしい」

「それはたぶん、赤ちゃんがこう言ってるのよ。〝いちゃいちゃするな〟と」残念そうに言う。

彼はティアの腹部に手をあてた。「この蹴りはこたえるな。僕たちの赤ん坊らしい」

彼の表情は誇らしげで、優しさもうかがえる。そして……。だめ、ティアは自分になんの望みも抱かせなかった。でも彼は赤ちゃんと緊密な絆《きずな》が結べている。ティアが身を震わせると、彼は再び唇でティアの口に触れた。

「すまない。玄関先で引きとめて寒い思いをさせてしまった」ドアを開け、ティアを中に招じ入れた。

その瞬間、二人は本物のカップルになった気がした。村のお祭りから帰宅したばかりのようだ——コートを玄関ホールの曲げ木のラックにかけ、キッチンに入り、彼がケトルを火にかけると、その間にティアがマグカップを取り出す。

「それで、パーティは楽しかった？」ティアがきく。

「思った以上だった」アントニオが答える。

ティアは携帯電話で撮った写真を彼に見せた。

「楽しそうなのがわかるわ」

「簡単さ。子供のころ、あんなことをしたことがなかったからさ。僕たちの赤ん坊は絶対にそうする」

ティアは自分の世界がいっきに色づいた気がした。

「それで、ディナーがまだ残っている」彼がほほ笑みかける。「子供のころはどうだった？」

「冷たい七面鳥、手作りのフライドポテト、フランスパンが残ったわ。それにサラダ」すかさず答える。「すると母は野菜と七面鳥のスープを作ってくれた。暖かく着込んで、ビーチによく行ったわ。十二月二十六日のボクシングデーの翌日だった。母のスープを魔法瓶に入れ、ピクニックにもよく出かけたわ」

彼はティアを抱きしめた。「まったく同じではないがここにもビーチがある。喜んで連れていくよ」

まるで二人の未来を見ているかのような口ぶりだ。

それでもティアの一部は、二人が一緒になるには互いの人生があまりにもかけ離れていると感じ、認めてもいたが、一方では、その考えにティアは興奮してもいた。二人の未来を彼が望んでいるかもしれないと思うと、ティアの心は温かくなった。

結局二人は七面鳥とサラダのサンドイッチを作ってキッチンで食べ、それからサンルームに行ってソファで一緒に丸くなって星を眺めながら語り合った。

ティアは一緒にいてとてもくつろげる。アントニオはいつもこうありたいと願ったが、すぐに王宮に戻り、現実生活と政治問題、メディアと向き合わねばならないとわかっていた。やがてティアは眠りについたが、彼は座ったままティアを腕に抱いていた。

彼は今これが自分の望みだと知った。ティアと赤ん坊と家族になり、王宮のスポットライトを浴びることなく、村の住人の一人として暮らす。ティアを妻として、すべてのパートナーとして迎えたかった。

だが、ティアにどう伝えたらいいかわからない。もし今結婚を申し込んだら、ティアはアントニオが彼女のために結婚を望んでいると信じるだろうか。あるいはまだ、ただ義務と名誉から求めているにすぎないと考えるだろうか。

「きみと家族になりたい」彼はささやいた。

ティアは目を覚まさず、アントニオはそっと腕をずらすと、毛布を持ってきて彼女を包み込んだ。彼にはするべきことがあった。それはずっと前に書くべき手紙だった。オフィスから便箋と封筒とペンを持ってくる――この場合、温かみのないタイプされた手紙では絶対にふさわしくない――彼は財布から写真を一枚取り出した。それから書き始めた。

書き終えると、ティアはまだ眠っていた。

彼はティアのそばにひざまずき、頬をなでた。「ティア？　起きてくれ」彼はささやいた。

ティアは目を開け、いたいけで無防備に見えた。

「寝る時間だ」そう言い、そっと立ちあがらせる。

「ごめんなさい。あなたのそばで眠ってしまうつもりはなかったの」唇を噛《か》み、すまなそうに言う。

「きみは妊娠六カ月で、今日は忙しい一日だった。

眠ってしまって当然だ」彼は言い、笑みを浮かべた。

彼は抱きあげて階段をのぼろうとしたが、思い直した。それでもティアの部屋のドアの前まで来ると、おやすみのキスをせずにいられなかった。

ティアの目が大きく見開かれ、彼の頬をなでる。「アントニオ」彼はもう一度キスをした。「今夜は一緒にいてくれる?」ティアが尋ねる。

彼の腕の中でティアが眠りに落ち、彼の腕の中で目覚める。どうして抵抗できるだろう。

彼はティアを抱きあげてベッドに運んだ。

そのあと、アントニオは眠りに落ちるまで長く時間がかかった。なぜならこれがほかの何より彼が望んだことだったからだ。ティアと一緒にいること、そしてティアが彼と一緒にいたいと思うことが。

ティアの望みも同じであってくれればいいのだが。

アントニオは心からそう祈った。

6

翌朝、ティアはけたたましい電話の音で起こされた。最初は戸惑ったが、少しずつ昨夜の出来事がよみがえってきた。どんなふうにアントニオの腕に抱かれて、ソファで眠ったか。どんなふうに彼がティアをベッドに連れていってくれたか。さらにティアは彼に一緒にいてくれと頼み、どんなに彼が優しく腕に抱いてくれたか……。けたたましい音はアントニオの電話からで、彼はベッドから起きあがり、顔をしかめて早口のイタリア語で話している。

あまりに早口で、ティアには何を言っているかわからなかったが、よくないことがあったのは明らかだ。というのも、彼は通話を終えると、携帯電話で何か調べているようだったからだ。

「ああ、ティア。おはよう」

ティアは起きあがった。「何かあったの?」

彼は顔をしかめた。「ジーナからだ。メディアが村に来ている。ニュースになっているらしい」

彼は黙ってティアに携帯電話を手渡した。

オンラインのニュース配信で、さまざまな新聞の一面や記事の見出しが掲示されている。昨夜、誰かが写真を撮ったのは明らかだ。アントニオが玄関先でティアにキスをしたときだ。

新聞記事の一つは写真をラブストーリーに仕立ててあり、最初の写真では、アントニオがティアにキスしている。次の写真では、ティアが彼の首に腕をまわし、キスを返している。三枚目では、ティアがアントニオにほほ笑みかけ、彼は片手をティアの腹部にあて、明らかに赤ん坊が蹴るのを感じている。

最初の写真は〝この女性は何者?〟と見出しつきで、二枚目には〝キスにはキスを〟で、三枚目にはハートが描かれていて〝ベイビー・ラブ?〟とある。

ティアは記事に目を通した。彼女が何者か、これはプリンス・アントニオの隠し子なのかと疑問を投げかけている。〈これはここ数カ月、カーサヴァッレ王国を揺るがしてきたベイビー・スキャンダルの第三弾か? ヴィンチェンツォ国王の長女ガブリエッラの存在は二十年以上も内密にされ、プリンス・ルカの婚約者は他人の子供を宿していた。今、国王の末子もスキャンダルとは無縁でないようだ……〉

ティアはぞっとした。このニュースはカーサヴァッレで大きなうねりとなり、ロンドンにも波及すると悟った。もしメディアがティアの素性を探ろうとすれば、彼女の母親も巻き込まれるようになる。

ティアは記事を読み進み、最後の一節まで来た。

〈プリンス・ルカは、異母姉のプリンセス・ガブリエッラが自分の代わりに即位し、年末に戴冠式を行うと明らかにした〉ガブリエッラが女王になるの？　いつから？　アントニオはティアにそんなことはひと言も言わず、ＤＮＡ鑑定の結果とガブリエッラの決断を待っていると言っていた。「ガブリエッラは本当に女王になるの？」ティアはきいた。

「僕たち王族の支援で、そうなる」彼は言った。

ティアは眉をひそめた。「知っていたのね？」

「ああ。ルカが新聞発表を送ってくれた」

ティアは彼の表情と口調が冷たくなったのに気づいて、胸が締めつけられた。ずっと打ち解けてくれていた気がしたのに、彼は今、再びよそよそしい態度に戻り、プリンスのアントニオに戻ろうとしている。ティアは自分の考えの甘さを悟った。アントニオは何よりもまず、プリンスなのだ。たとえまた打ち解けてくれたとしても長くは続かない。

「あなたは私に何も言ってくれなかった」押しとどめる前に、言葉が口をついて出ていた。なんて愚かだったのだろう。王家の公務について、なぜ彼がティアに話す必要があるだろう。

ひどくいやな考えが、すっと頭をかすめた。

もし彼が新聞発表のことを知っていて、マスコミが彼についてくるとわかっていたら……突然、彼の昨日の行動がまったく新しい意味を持ってくる。

「あなたはメディアがあなたの居場所を知りたがるとわかっていたに違いないわ。新聞発表のとき、あなたが王宮にいなかったのは明らかだから」

「ここで見つかるとは思っていなかった」彼が言う。

王族の別邸だから、見つかって当然ではないの？

「でも彼らは見つけた。そしてあの写真を撮った」

喉がごくりと動く。「玄関先で」

「僕はフラッシュには気づかなかった」

ティアも気づかなかった。彼が嘘《うそ》をついているとは思わない。それでも、うまく操られている気がして、怒りの持っていき場がわからなかった。彼はプリンスで、メディアが執拗《しつよう》に追ってくるに決まっているのと気づかなかった自分を叱るべきなのか、最初にティアをここに連れてきて、誰にもティアや赤ん坊のことが知られていないロンドンに、黙って帰せなかった彼に怒りを覚えるべきなのか、ティアにはわからなかった。電話がまた鳴り、王室の秘書官の名が発信者通知の画面に表示された。

「あなたによ」ティアは言うと、電話を彼に返した。

ティアはマイルズの言っていることが聞き取れなかったし、アントニオの話もまったくわからなかった。まったくの無表情で〝ああ〟と〝いや〟あるいは〝そうだな〟としか言っていないようだった。

彼は通話を終え、ティアを見た。「マイルズが言うには、メディアはきみが何者かわかっていて、ロンドン在住のウエイトレスだと知っているそうだ」

ティアは驚いて彼を見た。「今ごろは私の母をつきとめてるわね」カフェの店主夫妻も、友人も、この二十年でぼんやりとしか知らない人たちまでも。

「その可能性は高い」彼は認めた。「こんなことにきみたちを巻き込んでしまってすまない」

「あなたが仕組んだの？　私の母を守れるのは自分しかいないとわかっていて、私があなたの要求をすべてのまざるをえないようにしたのね」

アントニオは何も言わず、ティアを見つめている。妊娠によるホルモンの影響でも、妄想に駆られているのでもない気分の悪さがティアにはあった。本当に彼にうまく操られていた。昨日は錯覚から抜け出せず、彼が歩み寄ってくれると思い込み、ひょっとしたら、これでうまくいくのではないかと期待した。彼はティアを愛してはいない。けれど彼の後継者を身ごもっていて、王位継承の第四位となる。だから赤ん坊に彼の名を与えるのは自分の義務だと考え、ティアがすでに彼との結婚を拒んでいたので、結婚に同意せざるをえない状況を作り出したのだ。

彼はティアが母親を守るためならなんでもすると知っていた。もし母親がメディアに追いかけられて危険にさらされているなら、ティアはそれを止めるためならなんでも受け入れるだろう。

だからティアに歩み寄り、心を寄せていると思わせた。ティアを写真撮影の絶好の被写体にして。

するとそのとき……ティアの携帯電話が鳴った。

画面に表示された隣人の名前を見て、ティアは一瞬、心臓が凍りつくようだった。

「もしもし、ベッキー」ティアはパニックに声がうわずらないようにして言った。「母は大丈夫？」

「ええ、大丈夫。心配ないわ」ベッキーが請け合う。

そのとき体が震え、恐怖が全身に押し寄せてきた。

アントニオが動いてティアに腕をまわしたが、それが彼女を温め、慰めるためとは思えなかった。これはすべてティアへの義務と支配のためであり、あまりに愚かで、彼女はそれがわからずにいたのだ。

ティアが彼から体をずらすと、ありがたいことに彼はその動きを理解して、後ろに身を引いた。

「でも記者とカメラマンがうろついていて」ベッキーが言う。「ミルクを買いに出たら、あなたのことをいろいろきかれたわ。私はただあなたはとてもいい人だから、そっとしといてあげてと言っただけ」

「ありがとう。本当に助かるわ」ベッキーのような隣人が味方でいてくれて、ティアは少なくとも母は大丈夫だとわかった。大きく息を吸う。「できるだけ早く帰るわ。フライトの時間がわかったらメールで知らせるわ。すぐに母に電話をしてみる」

「わかったわ。心配しないで。目を離さないでおくから」ベッキーはそこで間を置いた。「あなたの彼ってとてもハンサムね」

厳密にはティアの彼ではなかったが、愚かにも彼はそうかもしれないと信じ始めていた。でも、古いことわざになかっただろうか。〝見目より心〟と。

行いの立派な人がハンサムなのだと。ベッキーが答えを待っている。これがどんなに大変なことになっているか知らせる必要はない。「そうね」ティアは言った。「すぐに帰るわ。本当にありがとう」

「お母さんは大丈夫か？」ティアが通話を終えると、アントニオがすかさずきいた。

彼に礼を言う必要はない。「ええ」冷静な声を心がける。「心配ないわ。あなたの勝ちよ。私はあなたの望みどおりに結婚し、あなたは跡継ぎを手に入れる――ただし、あなたが母の面倒を見てメディアに悩まされないようにするのが条件よ」

少なくとも彼は勝ち誇っているようには見えず、それればかりか感情をまったく表に出していなかった。どうして兄は彼と親友になったのだろう。それとも彼は任務の現場ではまったく違ったのだろうか。

彼が自分に心を寄せ始めていると思うなんて、どこまでうぶだったのだろう。アントニオはロボットのようで、ありえないほど抜け目のない策士だった。軍隊仕込みの正確さで。そのことで彼をからかうなんて、なんて愚かだったのだろう。

「ロンドンのお母さんのために人を手配して問題を処理させる。それでも、お母さんにカーサヴァッレに飛行機で来てもらうのが一番いいと思うんだが」

「母もノーとは言えないの？　赤ちゃんと同じように、母もまたこのゲームで王室の駒にされるの？」

「ティア、そんなことにはならない」

「そうかしら」まっすぐに彼を見つめる。「失礼して、シャワーを浴びて服を着たいのだけど」彼がティアのために用意した服を着るのだ。なぜなら彼が用意してくれたゴージャスなクリスマスに夢中で、洗濯などしなかったからだ。ティアにはもう選択の余地はなかった。今ではティアの残りの人生がそうであるように。なんて愚かだったのだろう。

ティアはもう心を決めたのだから何を言ってもむだだと、アントニオは思った。今はただ問題を悪化させるだけだ。それにティアを動揺させては赤ん坊にもよくない。彼女には落ち着いてもらわねばならない。おそらく、彼が事態を悪化させなければ、ティアにも論理的に考える時間ができて、彼がティアを操ろうとしていたのではないと気づくかもしれない。彼にもそんなつもりはなかったのだと。

代わりに彼はあたりさわりのない話題を持ち出した。「王宮に戻る飛行機を手配しよう。それにロンドンに戻る便も。お母さんに電話して、安心させてあげるといい。僕が全力をあげて守る」

「もちろんですとも、殿下」

これには傷ついた。二人のときをわかち合ったあとで、こんなにも堅苦しく接してくるとは。ティアは今回のことはすべて彼が仕組んだと信じている。ありがたいことに、幼少期に受けた教育のおかげで、傷ついた表情は表に出さなかったが。

さらに彼は筋道立った行動に出ようとしていた。メディアの注目を避けていったん王宮に戻ってから、ティアとの問題に取り組むつもりでいた。

「ドアの外にスーツケースを置いてある」彼が言う。

「スーツケース？」ティアは驚いた様子だった。

「きみの服だ」ティアが反論しかけると、彼は髪をかきあげた。「僕はなんの見返りも期待してない」

「未来の花嫁にチェーンストアの安物を着せて人前に出すわけにいかないんでしょう」彼女は言った。

ティアは本当に、彼が費用をいくらかけたか鼻にかけるようなスノッブだと思っているのか。「ばかげたことを言うんじゃない」

「ばかげたこと？」

「僕はスノッブじゃない。いくら費用をかけたかなんてどうでもいい。経済的な立場の違いできみにいやな思いをさせたり、恩義を感じさせたりせず、きみのために何かできないかと思ってるだけなんだ」

ティアはうなだれ、アントニオは罪悪感に沈んだ——口に出して言ってしまったことで、自分がするまいとしていたことをまさにやってしまったからだ。ティアは怒り、傷つき、彼に食ってかかったが、言い返すべきでも喧嘩《けんか》を続けるべきでもない。怒りを収めて落ち着くべきだった。ティアの体調を考え、赤ん坊のことを考える必要があるからだ。「僕はシャワーを浴びてから階下《した》に行く。きみの用意ができたら朝食を作るよ」

ティアはうなずき、顔をそらした。彼はティアの部屋を出て、シャワーを浴び、すばやく服を着ると、兄と母、そしてガブリエッラにメールを送り、今日あとで王宮に戻ったら事情をすべて説明すると伝えた。彼はツリーから特別なクリスマスボールを取り、それを包み、前の晩に書いた手紙にメモを追加し、包装されたスノードームと一緒にバッグにしまった。


ティアはようやく階段をおりてきても黙っていた。一瞬、アントニオは彼女が朝食を断るかもしれないと思い、そっと言った。「食べないとだめだ。きみと赤ちゃんのためにも」

ティアの腹部に動きがあり、少なくとも赤ん坊はアントニオに賛成してくれたようだった。

ティアは肩をすくめ、まだ傷つき、怒っているようだったが、少なくともトーストは食べ、彼が用意したマグカップの紅茶を飲んだ。二人は車のバックシートに乗り込み——今回はジャコモが運転し、マスコミを避けるために窓は黒い着色ガラスだった。

ティアは空港に着くまでずっと窓の外を見つめていて、アントニオもあえて話しかけなかった。ティアは帰りのフライト中もほとんど口をきかなかった。

どうしたらもとに戻れるだろう。ティアは彼と結婚する。それはティアが赤ん坊のニュースを伝えに来たときから、アントニオが望んでいたことだった。

だが今は、結婚がティアの母親をマスコミから守るための唯一の手段のように思えてくる。ティアが彼と一緒にいたいからではなく。皮肉なことに、アントニオはティアに好きになってくれるよう働きかけていたのに、代わりに自分が彼女を好きになってしまっていた。今はティアにどんなに大切に思っているか伝えても、ティアが信じてくれるとは思えなかったが。マスコミが入り込んできた今となっては。

彼はティアに正直に接し、自分がいかに王宮の政治を嫌っているか話した。なのになぜ、ティアは彼が後ろ暗いことをしていたと信じられるのだろう。あのキスは彼が仕組んだものではない。本当にティアにキスしたかった。ティアと一緒にいたかった。彼はあの予期せぬ感情にとらわれて、カメラのフラッシュも目に入らなかった。

自分の本当の気持ちをうまく口に出せさえしたら。それでもティアに伝えようと口を開くたび、喉に砂がつかえたようになって言葉が出てこなかった。

飛行機が着陸すると、彼は言った。「王宮に行くか、まっすぐロンドンに帰るか、どっちがいい？」

「私に選択権があるの？」

胸にこたえる質問だった。「もちろんあるとも」

「母に会いたい」ティアは言い、彼が一緒に行こうと提案する前に、言葉を継いだ。「私独りで行くわ。あなたには公務があるでしょうから」

彼は王族や王室の秘書官と話す必要があるとわかっていたが、それでもティアを支えていたかった。そばにいて、ともにこの問題を解決したかった。ティアの母親に謝罪し、自分で事情を説明したかった。

だがティアにそう伝える機会は得られなかった。彼女が話を続けたからだ。「それにジョヴァンニとヴィットリアに会って、事情をすべて説明しないと。二人にはとてもよくしてもらったのに、がっかりさせたくないわ。子育てを助けてもらおうと思っていた友人にも。彼女もがっかりしてるかもしれない」

アントニオは罪悪感でいっぱいになった。ティアには彼のいない人生があったのに、彼はその支援のネットワークからティアを切り離し、一緒にカーサ・ヴァッレにいるように期待していた。この騒ぎのせいで人生が変えられてしまうのはティアだけではないのだ。「問題はすべて僕が解決する」

「私の人生よ、あなたのではなく。自分でなんとかするわ」ティアがさえぎった。アントニオは自分の立場を正確に理解した。ティアは彼がどんな支援を申し出ようと、ただ財力にものを言わせるだけで、本気で事態をよくする気などないと思っている。

「せめて僕のパイロットに、ロンドンまで送らせてもらえないか」彼はきいた。

「空港で帰国便を待つ間に、言ってはいけないことを誰かに話してしまうかもしれないと心配なの？」

「パイロットに送らせると言ったのは、妊娠六カ月で、乗り継ぎに何時間も待たされたり、空港が混んでいたら座る場所もないだろうと思ったからさ」

ティアが背を向けたので、アントニオは彼女の顔が見られず、表情を読むこともできなかった。「どうとでも。もうどうでもいいわ」

その言葉にどれほど傷ついただろう。ティアを見ると、生気のない冷たい目を向けてくる。陽気さはかけらもない。さらに悪いことに、それがすべて彼のせいだとわかっている。ティアは彼を信頼していない。「パイロットに話してくる」

アントニオは飛行機のコックピットに行き、ティアをロンドンに乗せていき、道中、面倒を見る客室乗務員たちを手配した。「この手紙を渡してくれないか、それとこの二つの包みはティアの母親に」

「もちろんですとも、殿下」

「ありがとう」彼はティアのもとに戻った。心の一部では、ティアがロンドンに行く前に王宮に連れていき、せめて家族に紹介したかったが、彼女の表情を見る限り、そんな提案に応じるとは思えなかった。

「無事にロンドンに戻ったら知らせてくれ」

ティアは荒く息をついた。「私の携帯電話に追跡装置をつけなくていいのかしら」

彼は顔をしかめた。「追跡などしない、ティア」

「そんな気がしたのだけれど」

この数時間を巻き戻しできるなら、彼はなんでもしただろう――実際、二人はかなり親密になれた。そして昨夜、ヤドリギの下でティアとキスをした。ティアはあのときソファで彼の腕の中で眠った。恥ずかしそうに一緒にいてくれと言い、夜中に赤ん坊がティアのおなかを蹴るのを感じて彼は目が覚めた。喉が苦しい。とらわれの気分だ。だが王宮でもそう感じなかっただろうか。閉じ込められた気分でみじめで、政治の問題にがんじがらめになっていると？

一方で、ティアを狼《おおかみ》の群れに放り込むこともできなかった。彼がいなければ、メディアがティアの人生を悲惨なものにしてしまう。

「無事を祈ってる」彼は言い、客室乗務員が待つ飛行機の搭乗口に歩いていった。「僕の代わりに彼女の面倒を見てやってくれ」

彼の目に苦しみの表情を見たに違いない、客室乗務員は彼の肩に手をあて、慰めるのも忘れていた。

「大丈夫ですよ、プリンス・アントニオ」

彼には大丈夫だとは思えなかった。そしてティアを振り返って見ることもできなかった。彼女にどれほど嫌われたかわかっているからだ。

アントニオは王宮に戻る公用車の中ですべてを計画した。まず家族に話し、次に秘書官に伝えて、ティアとグレースを守る計画を抜かりないものとし、それからティアと母親を王宮に招く手配をする。

王宮に戻ると、母親が書斎でパソコンに向かっていた。彼はドアをノックし、母親が顔をあげると、深々と一礼した。「おはようございます、母上」

母はうなずいた。「おはよう、アントニオ」

「すみません……」深く息をつく。「王室にスキャンダルを招いてしまって」母にはこれをきっかけに、アントニオが家名を汚し、亡き父王に不面目をもたらし、どんなに彼に善処を期待するか言い募ってもいいはずだった。だが驚いたことに母は立ちあがり、アントニオに歩み寄ってその手を握りしめた。

「おかえりなさい。ティアはどこ？　休息は取っているの？」

「いいえ、ロンドン行きの機中です」彼は言った。

「そうなの」マリアはがっかりした様子だった。

「会って、少し話がしたかったのに」

「彼女のせいではなく、すべて僕の責任なんです」

「彼女を飛行機に乗せたことが？」

アントニオがうなずく。「赤ん坊のことも――」

言葉をつまらせた。「何もかも……」

母親は彼の顔に触れ、さらにショックを与えた。「赤ちゃんは決して後悔すべきものではないわ。私はおばあちゃんになるのね。すばらしいわ」

「それでも……」彼はまばたきした。「この子は予定外なんです。ティアと僕は結婚していない」

マリアは肩をすくめた。「彼女はとてもかわいくて、とても誠実そうね。あなたとルカに愛する人ができて私がどんなに喜んでるか、あなたはわからないでしょうね。ルカは婚約もした。イモージェンがどれだけルカを愛してるかわかるし――あの写真を見る限り、ティアは明らかにあなたを愛してるわ」

まさか、ありえない。ティアはこの数日、彼に何かを感じ始めていたかもしれない。だが彼はそれを押し殺してきた。今では、アントニオはティアが彼を憎んでいると確信している。

「あなたがずっと心配だったの」母は言った。「お父様の死をとてもつらく受けとめていたでしょう」

アントニオは一瞬目を閉じた。どんな物事にも後悔はあるものだ。「父上が僕を誇りに思っていたなんて絶対に思えない」

「お父様はいつも誇りに思ってたわ、アントニオ。それをどう伝えたらいいかわからなかったのよ」

アントニオには信じられなかった。

「お父様はわかりやすい人ではなかったから。よき国王で、立派な人だったけれど――家庭生活では恵まれなかった。特にソフィアに去られたあとは」

この話題が家族の間で出たことはこれまでなかった。それでもルカは公の場で父の過去を口にしていた。兄の婚約のあと、物事が変わろうとしている。

「お父様はソフィアを愛していた。でも彼女は違う世界からやってきていた」ティアもそうだった。

「ソフィアはここの暮らしになじめなかったのよ」

アントニオはむしろ逆に、ティアならここの暮らしの何にでもなじむことができると考えた。

「少し歩いて、庭で話しましょう」マリアは言った。

アントニオは母親がコートを着るのを手伝い――彼はコートを脱ぐ暇もなく――幾何学式庭園へと出ていった。十二月なのに薔薇《ばら》が数輪まだ残っている。

「この庭が大好き」母は言った。「お父様もそうだった。ここの薔薇の種類を増やしていったのよ。庭師と話し込んだり、薔薇の図録を一緒に見るのを楽しんでいた。もし時間があったら、薔薇の新種を作り出していたかもしれない」

母が話しているのは、彼が幼いころから知る父親と同じ人物だろうか。アントニオには驚きだった。

「僕の父親の話とは思えない――」ふいに彼は口をつぐんだ。自分の言葉が不用意だとわかり、母親を傷つけたくなかったからだ。

「そうかしら」母親は優しく尋ねた。

父は国を治めること以外、何も興味はないと思っていた。「国王であることが父上の人生のすべてだったはずだ」アントニオはようやく言った。

「とても大きな部分だけど、すべてではないわ。夫であり、国王であると同時に、父親でもあった」

父が妻や子供たちにあからさまに愛情を示したときを思い出すことさえ、アントニオには難しかった。ピッコ・インネヴァートでさえ、父は決して緊張を解かなかった。国王であることが第一で、それ以外はすべて優先順位の下に置かれていた。

母はアントニオが考えていることを推し量ったように言った。「ヴィンチェンツォは自分の気持ちを表にうまく出せなくて」ああ、アントニオにもその気持ちはわかる。彼もまた苦しんでいた。「ソフィアは王宮暮らしが耐えられなかったのよ」

「母上はどうなんです?」思いとどまる前に質問が口をついて出た。アントニオはたじろいだ。「謝ります。言葉が過ぎました。忘れてください」

「いいえ、もっともな質問よ。あなたたちが幼かったとき私はもっと働きかけるべきだった。お父様が気持ちをうまく表に出せなかったのは、そう育てられたからなのよ。彼の両親の考えでは子供たちは面倒を見られる側で、話を聞いてやる必要はなかった。両親はひどく近づきがたく、ヴィンチェンツォが大切な存在だとは決して伝えなかった——今となれば彼はそれを聞かされる必要があったと思うけれど」

考えたこともない話で、彼は罪悪感を覚えた。「僕も父上を大切に思っているとは伝えなかった」

「でもお父様はちゃんとご存じよ」マリアが優しく言う。「そして口に出して言わなくても、あなたを大切に思っていた。私にとってもあなたは大切よ。もっとあなたにそう言うべきかもしれないわね」

アントニオは喉がふさがり、母親の言葉に応えられなかった。それでも彼は母親を抱きしめた。

マリアは彼の髪をなでた。「お父様は国王であり、政治家となるよう育てられ、最高の国王であり政治家になろうとした。でも人に心を開けなくなってしまった。ときには私にさえ。もっとあなたたちの近くにいたかったのだと思うわ。だからピッコ・インネヴァートに別邸を購入しようと言い出したのよ」

「あれは父上の考えだったのか」アントニオは身を引き、驚いた顔で、母親の目をまっすぐに見た。

「ええ。あなたとルカが子供でいられる場所を与えようと。常に周囲の目を気にしなくていい場所を」

「だからティアを連れていったんだ」彼は認めた。「ピッコ・インネヴァートに」

「そう思ったわ」マリアは優しく言った。

「マイルズには誰にも言うなと釘《くぎ》を刺したのに」

マリアはほほ笑んだ。「私はあなたの母親よ、アントニオ。言われなくてもわかるわ。ピッコ・インネヴァートはあなたが考える時間が必要なときいつも行くところで、過酷な任務のあとの息抜きの場所でもある。ルカはマイルズから、ティア・フィリップスという女性があなたと連絡を取りたがっていると聞いて、彼女が嘘をついていると思い込んで、マイルズにあなたには何も教えるなと言った。でももしどちらかが私にひと言言ってくれていれば、彼女がネイサンの妹だと教えられたのに——あなたがネイサンの死で自分を責めていると知っているから」

アントニオはふっと大きく息をついた。「僕があの装甲車に彼と一緒に乗っているべきだった」

「そうでなくて本当によかった。私にもかわいそうな母親の気持ちはわかるもの——だって兵士の母親なら誰でも恐怖を抱くし、電話がかかってくれば心配にもなるでしょう。私は決してあなたの邪魔をしないようにしてきた。でも、息子がいつも危険にさらされるのはいやだし、任務中はずっと心配していた。お父様もそうだった。でも、お父様はあなたにはあなたなりのやり方が必要なのだと言っていた」

「そのとおりだ。僕はそうした」

「お父様には手紙か何かであなたに気持ちを伝えてほしかった。でも難しかったのね。世代も違うし」

「ルカは知っているのかな」

「あなたたち二人をお父様が愛していると言えなかったことを？」母はうなずいた。「でも私は愛がルカを変えたと思う。プリンセス・メリベルとのことは二人にはつらい出来事だった。私が間に入ってノーと言うべきだったわ。悪かったと思っている。本当に愛していなければ、結婚に同意してはいけないし、国のために自分を犠牲にするべきではないわ」

「でも母上はメリベルがどうかしていると言ってなかったかな……」アントニオは途中で口をつぐんだ。

「私は思っていたの。メリベルなら結婚を受けてくれると。最後にはルカのためにそうしてくれると。あなたはどうするの、アントニオ、ティアを？」

「僕は……」彼はため息をついた。「わからない」

「あの写真は愛し合ってるように見えたけど。撮られていることに気づいていないみたいだった」

「僕が彼女との結婚を仕組んで、子供を跡継ぎにしようとしてると思っている」アントニオは言った。

「だったら二人で話し合わないと。彼女の望みを聞いて歩み寄るのよ――互いの気持ちを抑えるのではなく、両方が納得できる解決策を見つけなさい。あなたの気持ちを伝えるのよ」

「言葉が見つからなくて」アントニオが言う。

「最初にそう言えばいいわ。言葉が見つからないと」マリアは言った。「彼女に助けてもらえばいいのよ。そして、あなたは自分の気持ちに正直に」

アントニオは母親と話を終えるとルカに会いに行き、肩をたたかれた。「おめでとう、アントニオ」

「まだだよ。兄さんとイモージェンの足もとにもおよばない。僕が台なしにしてしまったらしい」

「彼女を愛しているなら、あとをついていけばいい。愛していると告げるんだ」

「兄さんはイモージェンにそうしたのか？」

ルカはうなずいた。「今までで最高のことをね」

アントニオは兄を見つめた。こんなにくつろいで幸せそうなルカは見たことがない。父の期待の重圧から解放されたからなのか。それとも愛のせいなのか。もし愛なら、彼とティアもうまくいくだろうか。

そして、ティアにどうやって二人に未来はあると納得させればいいだろう。

ガブリエッラに会いに行くまで、わからずにいた。

「アントニオ。会えてうれしいわ」異母姉がほほ笑みかける。「新聞の写真を見たけど、大丈夫？」

彼は顔をしかめた。「ばかなことをしたものさ」

「屋敷の玄関先のヤドリギの下でキスした女性？」

彼はうなずいた。「ヴァレンティ家の男がしそうな振る舞いだった――誰もが僕の思いどおりになると期待した。自分の気持ちは封印したままで」

「でも、あなたはそれを変えられる」

「ああ。カーサヴァッレが変わるときが来た」

すると彼は気づいた。これまでのように感情を封印する必要はないのだ。もう違う。彼はティアを愛している。ティアが愛してくれないのはわかっていたが、ティアが望むものを与えられるくらい彼女を愛している。ティアはこの王宮に閉じこめられるのを嫌い、ロンドンの母親のもとにいたがった。

ならば彼が会いに行けばいい。結婚の同意が得られなくても、それでも彼を必要としてくれるなら、ティアと赤ん坊、そして彼女の母親を支援したいと告げればいい――ティアがいつも家族を支えてきたように。もしティアが彼を愛してくれるなら、彼女がこっちに来て一緒に暮らせるかもしれない。だが、彼はティアの気持ちを第一に考えるつもりだった。

アントニオはガブリエッラに別れを告げ、ロンドンへのフライトの準備にかかった。

7

ロンドンは灰色にくすんで薄汚れて感じられた。明るく開放的だったピッコ・インネヴァートのあとではなおさらだ。それでもティアがカーサヴァッレで過ごした時間はすべて嘘《うそ》だった。そうではないと自分に思わせるのはとても愚かだとわかっている。

愚かにもほどがある。プリンス・アントニオが本当に愛してくれているかもしれないと思うなんて。そして今、愛してもくれない男との結婚の罠《わな》に落ちようとしている。ただ赤ん坊のためだけに。二十一世紀にもなってまったくばかげているけれど、王族なら事情が違ってくるのだろう。もし断れば、マスコミが母を追いまわすようになる。ティアは家族を守るためならなんでもするつもりだった。

ティアは腹部のふくらみに手をあてた。「どうして彼は私たちをそっとしておいてくれないのかしら」ティアはささやいた。赤ん坊は蹴ってこない。

そう。ティアにもどうしたらいいかわからない。

ドアにそっとノックの音がした。「ティア？」

ティアは無理に満面の笑みを作った。母に自分の愚かさを知られるわけにいかない。グレースには心配をかけたくなかった。「どうしたの、ママ」

「これを見てほしくて」グレースは箱を一つ持って部屋に入ってきた。ネイサンの私物が入った箱だ。

「ちゃんと見られるかどうかわからないわ」

「何が入ってるかあなたに見てもらいたくて」グレースが優しく言う。「置いておくわね」

ティアは座って、箱をしばらく見つめていた。それから蓋を取った。本や書類が入っていて、一番上にネイサンとアントニオが写った写真が一枚。軍の作業服姿で、笑みを浮かべ、互いの体に腕をまわしている。目がちくちくした。兄が恋しかった。

そして一緒に写っている男性が。それはティアが恋に落ちた男性だった。でもこんな男は実在しない。ティアは写真を裏返し、裏面の手書きの文字に気づいた。兄の筆跡だ。〈Aへ――よき日のドリームチーム。N〉明らかにアントニオに宛てたメッセージつきの写真が、なぜネイサンの私物に残っているのだろう。兄は送らなかったのだろうか。

次に箱の中に入っていたのは手紙だった。ネイサン宛てでも――ネイサンからでもない。ティアの母親に宛てた手紙だ。ティアはもとに戻そうとした。母親のものをのぞき見したくない。だが手紙に記された住所に気がついた――ピッコ・インネヴァート。アントニオの別邸。なぜ彼が母に手紙を？

これで母は何かを伝えようとしているのだろうか。

ティアは眉をひそめ、手紙を読み進めた。

〈親愛なるミセス・フィリップス

一月にネイサンの訃報をお伝えした際、あのようにしかできなくて心からお詫《わ》びいたします。僕はあのときお伝えするべきでした。ネイサンは僕にとって兄弟のような存在で、悲しくてたまらないと。悲しみに暮れるあなたとティアに寄りそうべきでした。

僕の唯一の言い訳は自分の感情を表に出すのがとても難しいことです。僕は王族の義務が何より優先されると言われて育ちました。でも子供のために、息子であれ娘であれ、変わりたいのです――僕は赤ん坊が愛されて育つとわかっています。ティアがその子の母親であり、彼女はすばらしい人だからです。

ティアに対する僕の態度についてもお詫びします。彼女やあなたを見捨てるつもりはありませんでした。勝手な言い訳ですが、ここ数カ月、家族に予想外の事態が続き、それに対処するのに苦労していました。

娘さんはすばらしい女性です。どんなに賞賛してもしきれない。僕はティアに結婚を申し込みましたが、彼女は僕の唯一の結婚の動機が赤ん坊をカーサヴァッレの王位継承権の第四位にすることだと思っています。でも僕は彼女をとても大切に思っているし、子供の人生に全面的に関わっていくつもりです。

結婚を申し込む前に、あなたの許可を得るべきでした。先走ったことをお詫びします。あなたのお許しがいただけたら、ティアにもう一度結婚を申し込むつもりです。それはしきたりなどとはなんの関係もなく、彼女がどんな人で、僕にどんな気持ちを抱かせるかということにすべて基づいています。

僕は感情をもっと表に出そうとしています。ティアと二人の子供が助けてくれることを願っています。

あなたがこの写真を気に入ってくれたらと思っています。ネイサンの最後の任務の前に撮ったものです。僕にとってはとても大切なものですが、あなたが持っているべきだと思います。

敬具

アントニオ・ヴァレンティ〉

日付は昨日で、子供たちとのパーティの日だ。ティアはソファで眠ってしまい――あとで彼に起こされたとき、毛布にくるまれていると気づいた。

そしてこの手紙にはアントニオがティアをとても大切に思っていると書かれている……。アントニオは自分の感情を表に出せる人ではない。よそよそしくて堅苦しい、王族の一員だ。ならばこの手紙は、彼がティアを愛していると言っているに等しかった。

アントニオがティアを愛している？

ティアは彼を誤解していたのだろうか？

顔をゆがめて、ティアが部屋を出てキッチンに行くと、母がテーブルの椅子に腰かけていた。

「大丈夫？」母が尋ねる。

「混乱してしまって」ティアは認めた。「あの手紙はいつ届いたの？」

「今日、あなたが空港から車で帰ってきたときよ」

グレースが言う。「それに小包が二つ届いて、メモが添えられていて、これを渡すのはあなたが少し落ち着いてからにしてほしいと書いてあったの」

グレースはキッチンのカウンターに置かれた二つの箱を示した。両方ともきちんと包装されている。

ティアはまず小さいほうを開け、息をのんだ。ガラスのクリスマスボールで、ツリーの飾り用にエッチングで風景が描かれている。

ティアは黙ってそれをグレースに手渡した。

「きれいね。あなたがいたところ？」母親がきく。

ティアはうなずいた。「赤ちゃんのために買ったと言ってたわ。ツリーのために」

「あなたのお父さんと私が毎年ツリーに新しい飾りを買っていたようにね」グレースが優しく言った。

ティアは震える手で二つ目の箱の深紅のリボンを外した。そしてスノードームを見つけたとき、あふれる涙を抑えねばならなかった。ピーナッツの殻が間につめられ、割れないように守られて箱の中に収まっている。ドームは完璧な球体で、中には線条細工の美しい星がつるされて揺れていた。値段が高くて、ティアが買わずにあきらめたものだった。

アントニオはいつこれを買ったのだろう。

おそらく昨日、ティアがキャンドルの店を見てまわっていたときだろう。彼はきっと引き返してティアのために特別に買ったに違いない。

アントニオ・ヴァレンティは多くを語らなくても、さまざまなことに気づいていた。彼はティアがどれだけこれを気に入ったか見ていたのだ。ティアが赤ん坊のことを考えて自分のためにはお金を使いたくないのだと推測したのだろう。彼はこれを買った。ティアのために何かよいことをしたくて、ティアがあきらめたものを渡したくて。

特に母への手紙からすると、このスノードームは間違いなく愛の告白だった。お金がいくらかかったかではない。どれだけの思いがこめられているかだ。

身の縮む思いで、ティアはアントニオが本当に愛してくれていると悟った。彼はその思いをティアにちゃんと伝えられずにいたのだ。堅苦しく、常に周囲の目にさらされる世界で、自分の感情を押し隠すことを強いられて育ってきたために。ティアもまた彼が話しやすいようには接しなかった。

この年、彼は感情的にかなりまいっていた。親友を失い、実際、地雷が炸裂《さくれつ》してネイサンが命を失う現場に居合わせ、父親を亡くし、そして兄の婚約者の裏切りと異母姉の存在が明らかになり、彼の人生は混乱をきわめていた。

さらに妊娠六カ月のティアがやってきて、二人の一夜の結果を知らせ、彼が父親になると告げた。

アントニオが愛する気持ちを話すのが難しかったのも無理はない。誰にとっても対処しきれないほどの難事が押し寄せていて、まして自分の気持ちを話すことにも慣れていないのだから。

ティアがアントニオを突き放したのは、彼が自分の気持ちをうまく伝えられなかったからだ。ティアは彼がメディアとともにあの場面を作り出し、彼と結婚し、赤ん坊を後継者にせざるをえないようにしたと思い込んだ。あの推測は正しかったのだろうか。

実際に彼が何をしたか思い返してみると……。彼はティアを王宮への監視の目から遠ざけ、王族の別邸へと連れていった。子供時代に夏を過ごした場所へ。

彼はティアのために家族のクリスマスを祝おうとし、ツリーや飾りを一緒に選び、クリスマス・ディナーを作ろうとした。足を骨折した男性に代わってサンタクロースになることを引き受けた——これまでに絶対したことなどないだろうに、ティアに頼まれただけでサンタになった。ヤドリギの下でティアにキスし、自分の気持ちを言葉よりも行動で示した。

そして、彼が言葉でうまくティアに伝えられなかったために、ティアは最悪の事態を想定した。どうしてこうも愚かで——不公平だったのだろう。もう限界だった。この一年、強くあらねばと懸命に努力し、苦しみはすべて胸の内に閉じ込めてきた。今は涙が頬を伝っている。ティアは兄を失った悲しみでなく、愛する男のために、母と父のために、赤ん坊のために、そして彼女自身のために泣いていた。

「大丈夫、うまくいくわ」母は娘を腕に包み込んだ。

「どうやって？　すべて台なしよ。アントニオを傷つけてしまった。どうしたらいいかわからない」

「わかるでしょう」グレースが言う。「彼に伝えるのよ。カーサヴァッレに戻って、あなたの本当の気持ちをアントニオに伝えなさい」

「ママをロンドンに残しては行けないわ」

「行けるわよ。私は大丈夫」グレースはきっぱりと言った。「なんとかなるわ。まあ、調子の悪い日もあるけど、ここなら支援を受けられる。それに、あなたが私のために自分の人生を二の次にしているのがいつもつらくて。あなたが私を愛し、心配してくれているのはわかる——でも、私だってあなたを思ってる。だから、そろそろ私にすべてを合わせるのではなく、自分の人生を生き始めてもいいころよ」

「でも、ママ——」

「ピッコ・インネヴァートで、彼がどんなだったか考えてごらんなさい」グレースが助言する。「それが素顔の彼——本当の彼なのよ。あなたを気遣える人。気持ちを伝えるのはうまくないかもしれないけれど、この写真を見て」母は新聞を持ってきてティアに一面を示した。「あなたのおなかに手をあてている彼の表情よ。彼は赤ちゃんがおなかを蹴るのを感じている。あなたもまったく同じ表情で彼を見ている。あなたたちは愛し合っているわ、ティア。あなたは彼に、気持ちを伝える方法を学ぶチャンスを与えるだけでいいのよ」

ティアは母親を抱きしめてさらに泣き、この一年隠してきたみじめさも寂しさもすべて吐き出した。そして顔を洗うと、荷造りを始めた。

その途中で、玄関のベルが鳴った。

「私が出るわ」グレースが声をかける。

そのまま母親がティアを呼びに来なかったので、彼女は荷造りを続けた。宅配業者が隣宛ての荷物を預かってほしいとでも言ってきたのだろう。ところがしばらくして、グレースがティアの部屋のドアをそっとノックした。「お隣に行って、ベッキーに会ってくるわ。あなたにお客様よ」

ティアの鼓動が跳ねあがった。

アントニオが迎えに来たのだろうか。

「二人にお茶を淹《い》れたわ。よく話し合ってね」グレースが言った。

ティアは母親のあとについてキッチンに行った。アントニオがまるで自分の家にいるかのように座っている――でもプリンスがどうしてティアの世界の一員になれるだろう。

「幸運を祈るわ」グレースは彼の肩をたたくと、部屋から出ていった。助けて。なんて言えばいいの？

結局、ティアはありふれた話題に頼った。「フライトはどうだった？」

「快適だった。ありがとう」

「なぜここに来たの？」言葉が口をついて出ていた。

「僕との結婚の同意からきみを自由にするためだ」

衝撃の大きさに、ティアは彼が座るテーブルの椅子に腰をおろした。膝から力が抜けて立っていられなかったからだ。アントニオはあの手紙にあるとおりにするために、ここに来たのではなかった。ティアは遅すぎた。彼はもう考えを改めてしまったのだ。

「僕が身勝手だった」彼は言った。「強引にきみに結婚を同意させた。選択肢も与えず、僕が間違っていた。きみは強くて自立した、すばらしい女性だ」

ティアは彼の言葉がよく理解できなかった。彼女との関係を終わらせたいのだろうか。それとも、もっと別のことを伝えようとしているのだろうか。

「僕は感情を表に出すのが得意じゃない。ヴァレンティ家の男たちはみんなそうだ――父も兄も僕も。でも、きみはピッコ・インネヴァートで一緒に過ごしたとき、僕にたくさんのことを教えてくれた。思うままに感じていいと教えてくれた――誰かを愛しているならそう認めたらいいと」

ティアは彼を見つめた。まだよく理解できない。

「これでは台なしだな」ため息混じりに言う。「きみに告げようとしてるのに……」彼は言葉を切った。

彼は何が言いたいの？　私を愛していると？

彼はポケットから紙を一枚取り出し、それを見た。

「〝愛している、ティア。結婚してくれないか。だが、それはきみが僕と結婚したいと思ってくれたときだけだ。頼んでいるのは義務や体面を守るためではなく、僕の子供を妊娠したからでもない。きみと一緒にいたいから、頼んでいるんだ〟」

ティアは彼を見た。「メモを読みあげてるの？」

「ああ」彼は言った。「こうしないと言葉が出てこなくて喉につかえてしまう。どう言えばいいかわからなくなるんだ。だから飛行機の中で全部書きとめてきた。つかえてしまったときのために。だから、原稿を読んでいる。そうしないとうまく言えないし、きみにうまく伝えられない……」彼は大きく息をついた。「今は原稿がないから、つかえている」

彼はティアを愛している。

だからその気持ちをちゃんと伝えるために書きとめたのだ。いつもの軍隊式の厳密さで、正確に。

「原稿に戻って」ティアは優しく言った。アントニオが言うべきことを最後まで聞きたかった。

彼の顔が明るさを取り戻し、再び原稿を見つめた。

「〝きみが独りでなんにでも立ち向かえるほど強いの

は知っているし、きみの強さを賞賛してもいる。でもきみ独りで立ち向かう必要はない。僕に任せてくれれば、きみのそばにいて、いつでもきみを支える。ときには僕を叱って、思っていることをきみに伝えるよう言わねばならないかもしれない。これまでの経験できみがもうわかっていると思い込むのではなく。それでも僕はいつでもきみのそばにいる。きみにとって最高の夫になりたいし、僕たちの赤ん坊にとっても――運がよければ、未来の子供たちにとっても――最高の父親になりたい〟」彼はここで顔をあげ、原稿を下に置いた。「もう原稿なしで言うよ。きみを愛している」

「私を愛している」ティアは彼が本当に自分に言っているのだと、まだ受けとめられなかった。

「正直に言うときみに会う前から恋に落ちていた。ネイサンによればきみは勇気と強さにあふれていて、僕が一緒にいたくなるような女性だと知った。でもようやく会えたとき、すべてがうまくいかなくなっていた。僕はネイサンの死に罪悪感を覚えていた」

「あなたのせいじゃないわ」

「僕にはまだ罪悪感がある。生き残った者の負い目かもしれない。きみは彼の妹だ。近づいてはならなかった。きみが欲しいと思う気持ちと罪悪感とが、ない交ぜになっていた。僕はきみとお母さんにネイサンがどれだけ愛されていたか、どんなにみんなが彼を思っていたか伝えたかった。なのに心を閉ざし、きみたちを困惑させた。チャリティ・ガラで再会したときは最悪の気分で、人との交際を避けていた」

「自分を責めないで。国王を亡くし、あなたは王宮で必要とされていたのよ。わかってる」

彼はティアの手を取った。「それでも僕はもっとなんとかすべきだった。失望させてすまなかった」

「大丈夫。あなたは今ここにいてくれる――感情を閉ざしていたのはあなただけじゃない。私はネイサンのために泣けなかった。母のために強くあらねばならなかったから。私だって間違っていたのよ」

「もう泣いてもいいんだよ」彼は片手をあげ、ティアの顔をなでた。

ティアはうなずいた。「あらゆるもののために。あなたとネイサンのために。私たちの父のために。私の母と赤ちゃんのため……」

アントニオはテーブルの上に身を乗り出し、ティアに軽くキスした。「きみはいつも強くある必要はない――僕がいつも強く、沈黙を守る必要がないように。互いに支え合っていけばいい。そしてお互いに、赤ん坊とともに、僕たち自身でいればいい」

「私もあなたを愛している。私に言ってくれる前から、あなたが私を愛しているとわかっていた。だって私にスノードームを買ってくれたのですもの。あなたは私があれを気に入っているとわかって、私が自分のためにお金を使いたがっていないと察した。贈り物よりもあなたのその思いやりが大切なのよ」

「そうだな。きみはそれも僕に教えてくれた」彼はティアを見つめた。「それで、あとは？」

「母のことは話したわね――父の家族が母をどんなに嫌っていたかを」

「それで、僕の家族もきみをそんなふうに思うのではないかと心配しているのか」

「私には貴族の血は一滴も流れていないのよ。どうすれば王族の方々に迎えてもらえるのかしら」

「きみらしくしてればいいのさ。知っておいてほしいのは、母がきみに会って本当の気持ちを伝えるように言ってくれたことだ。あの写真を見て気持ちが楽になり、僕が愛し愛される人を見つけたと感じたそうだ。おばあちゃんになれると感激しているよ」

「本当に？」

「本当だとも。ルカは僕にきみを追いかけていって気持ちを伝えろと言った。ガブリエッラもだ。カーサヴァッツレもきみを大歓迎だ。きみのお母さんも。僕は……僕はきみたちと家族になりたいんだ、ティア。きみはお母さんと赤ん坊と一緒に来てくれる。僕が加わればさらにもっとよくなる――なぜなら僕も母と兄姉と一緒だからだ」

さらに驚いたことに、彼は椅子からすべりおりると片膝をついた。「急な話だから今すぐ答えなくてもいい。結婚してくれないか。これは誰の義務でもなく、僕たち二人が互いに同じ気持ちでいると思うから申し込んでいるんだ。僕たちは愛し合っていて一緒に家族を作りたいと思っているからなんだ」

ティアはそう口にするのがどんなに難しかったかよくわかっていた。彼は本当の気持ちを伝えようとしたのだから。特に、言葉を練りあげ書きとめたりすることなく、ティアに伝えたのだから。

それはティアの彼への気持ちでもあった。「私たちが愛し合っていて一緒に家族を作りたいと思っているからなのね」彼女は繰り返した。「イエスよ」

彼は一瞬にして立ちあがり、ティアに両腕をまわした。「愛してる、ティア。口に出して言うのはまだ妙な感じだが、口にするにつれて言いやすくなった。きみが僕の言葉を信じてくれるよう願ってる」

「信じるわ」ティアは言った。「私も愛している」

彼は長々とティアにキスをした。すると続けざまにティアの腹部が蹴られるのがわかった。

彼はキスをやめた。「これは〝いちゃいちゃするな〟と言ってるのかな?」顔をしかめてきく。

「違うわ。思うに〝結婚に賛成〟と言ってるのよ」

ティアが笑みを浮かべて言う。

「よかった。お母さんに報告しに行こう。それから、きみとお母さんと赤ちゃんを連れてカーサヴァッツレに帰りたいということも。僕たちの未来へ向けて」

「私たちの未来へ」ティアは繰り返した。

エピローグ

バレンタインデー

ベビーベッドに眠る生後一週間の赤ん坊を、ティアはのぞき込んだ。「こんなに完璧な姿で生まれてくるなんて信じられない」ティアがささやく。

「ネイサン・ヴィンチェンツォ・ヴァレンティ。この世で一番の赤ん坊だ」アントニオはティアの肩に腕をまわした。「日に日にかわいくなってくる」

「こんなに幸せなことってないわ」ティアは言った。「あなたのご家族はすばらしいわ。誰もが私を温かく迎えてくれた――私の母までも」

「もう僕たちの一員だからさ」アントニオはあっさり認めた。「きみが王宮に足を踏み入れて母と抱擁を交わしたときからそうだ。王室のチャペルで結婚の誓いを立てた瞬間から、ずっとそうなんだ。きみはもうヴァレンティなのだから逃げられないよ」

ティアは体をまわして彼にキスした。「私は逃げない。愛してるわ、アントニオ」

「よかった。僕もきみを愛している」

二人が眠る息子をまだうっとり眺めていると、グレースが部屋に入ってきた。「眠っている？」ささやく義母に、アントニオが答える。「ええ」

「私があとで見に来るわ」グレースが言う。

二人はグレースのあとについて居間に出た。「今日は私たちと一緒にランチにする、ママ？」

「そう言ってくれるのはうれしいけれど、もう――出かけないと」グレースは顔を赤らめた。「マイルズはミステリーツアーと言っていたけれど」

ティアはアントニオと目を見交わした。二人とも王室の秘書官がグレースと多くの時間を過ごしていることに気づいていた。マイルズとグレースは、十二月中旬にあったティアとアントニオの内輪の結婚式の準備を一緒にしたのがきっかけだったらしい。今ではティアが顔を赤らめるくらい、母は単なる観光というより、デートに出かけている。

「すてきな時間を過ごして、ママ」ティアは言い、母を抱きしめた。「はめを外さないようにね」

グレースはほほ笑んだ。「わかってるわ。マイルズはそんな人じゃないから。二人ともまたあとで」

アントニオはティアにほほ笑みかけた。義母が部屋を出ていく。「ロマンスの気配がするんだが」

「私もよ。母は独りが長すぎたから。マイルズは好きよ。いい人で、優しいし」ティアが笑みを返す。

「何週間もあなたと話をさせてくれなかったけど」

「彼は職務に忠実でまじめなのさ。グレースも同じように面倒を見てくれる」アントニオが言う。「今度は僕がきみの面倒を見る番だ。ソファに座って足をあげて。チーズトーストと紅茶が待っている」

「それは命令かしら、殿下？」笑みを浮かべて言う。

「そのつもりだ」アントニオは言い、声をあげて笑った。「いや、違う。僕たちはチームだ。きみの好きなものを知ってるから、提案しているだけだ。なんでも好きなものにすればいい」アントニオは軽くキスした。「きみの命令に従う」

ティアは鼻で笑った。「私は将軍《ジェネラル》じゃないわ」

「ああ、きみはゴージャスだ。愛している、ティア。王宮は変わった。どこもが明るく、楽しげで、堅苦しくない。きみにイモージェン、ガブリエッラ、グレースが王宮の雰囲気を変え、母は娘や新しい親友ができてうれしそうだ。きみと僕たちの赤ん坊もここにいる……。僕の世界は完璧だ」

「私もよ。愛してる」ティアは彼にキスをした。

ハーレクイン®

ロイヤル・ベビーは突然に

2024年6月20日発行

著　者	ケイト・ハーディ
訳　者	加納亜依（かのう　あい）
発行人	鈴木幸辰
発行所	株式会社ハーパーコリンズ・ジャパン 東京都千代田区大手町 1-5-1 電話 04-2951-2000（注文） 0570-008091（読者ｻｰﾋﾞｽ係）
印刷・製本	大日本印刷株式会社 東京都新宿区市谷加賀町 1-1-1
表紙写真	© Jen Fread ｜ Dreamstime.com

ISBN978-4-596-63510-5 C0297

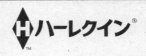